P9-DIB-203

Yo, Juan de Pareja

Yo, Juan de Pareja

Elizabeth Borton de Treviño

Traducido al español por Enrique R. Treviño Borton

Mirasol / *libros juveniles*
Farrar, Straus and Giroux New York

A mi querida amiga
Virginia Rice

Library of Congress catalog card number: 93-7951
Published simultaneously in Canada
by HarperCollins*CanadaLtd*
Printed in the United States of America
First edition, 1965
Mirasol edition, 1994

Prólogo

La primera mitad del siglo XVII está llena de nombres ilustres que aún hoy brillan en los ámbitos del valor, el arte, la ciencia y la gloria. Fueron los años de la madurez de Shakespeare, la era del Cardenal Richelieu, la de Sir Walter Raleigh y la de Cervantes con su inmortal *Don Quijote*. Fue la época en que se destacaron Descartes y Spinoza, en la que se inició la dinastía de los Romanov y en la que vivió San Vicente de Paúl. Rembrandt, Rubens y Van Dyke pintaban en los Países Bajos; Galileo, Newton y Harvey aportaban conocimientos científicos que llevarían los conceptos del mundo material hacia nuevos rumbos.

Corneille, Racine y Molière escribían en Francia. Luis XIV ostentaba la corte más lujosa y poderosa del mundo.

En España reinaban los últimos Austrias y el pintor de la corte era don Diego Rodríguez de Silva y Velázquez. A su lado, preparando colores y pasándole los pinceles, estaba un esclavo negro, Juan de Pareja.

Es en ese escenario de Europa, con fermentos de nuevas ideas y con la consolidación de las naciones, el poder y la grandeza en el arte, que yo he decidido narrar la historia de un simple esclavo.

La esclavitud era común en España desde la llegada de los moros conquistadores. Los árabes siempre habían traficado con carne africana. La Europa de aquellos años parecía no tener idea de que la esclavitud era un mal social y moral. Se había fundado en la tradición griega cuyo ideal democrático se fundaba en el trabajo de los esclavos. Aún los antiguos hebreos, que despertaron nuestra conciencia, tenían esclavos. Por desgracia, aún hoy, hay muchos países en el mundo que compran y venden esclavos. Pero es norma general de nuestro tiempo rechazar la esclavitud como un mal e insistir en la dignidad y la libertad de todo ser humano, por torpes que sean los métodos por los que queremos lograr ese ideal.

Mi historia se ocupa de Juan de Pareja y de Velázquez, su amo.

Yo, Juan de Pareja

haber muerto ella. Lo más probable es que mi madre murió de fiebre o algo así. Sevilla, donde vivíamos, nunca se libró por completo de las plagas; tantos navíos remontaban el Guadalquivir para arribar a Sevilla desde lejanas playas que la peste era un peligro siempre presente. Si alguien moría misteriosamente, se le sepultaba de prisa y la gente se alejaba temerosa de haberse infectado del terrible mal.

Yo extrañaba terriblemente a mi madre. Siempre me había arrullado en sus brazos, aún cuando ya había dejado de ser un bebé. Me cantaba suavemente con su dulce voz grave y jamás lo he olvidado. Incluso hoy, que soy un hombre mayor, puedo cerrar mis ojos y escucho su suave arrullo, siento sus firmes y cálidos brazos que me acunaban en una sensación de amor y ternura infinita que no podré nunca borrar de mi ser.

Ella era un ser tierno, me colmaba de caricias y mimos. Cuando sentada se ponía a bordar o a coser la ropa de nuestra ama, a la luz de una ventana que miraba al oriente, en horas tempranas de la mañana, perforaba las sedas y terciopelos dulcemente con su fina aguja y luego alisaba los géneros con su esbelta, sensible y morena mano. De pronto levantaba la vista de su labor y me enviaba una amorosa mirada con sus bellos ojos que parecía que me tocaba con ellos.

Ay sí, madre mía. Yo sé algo de pintura ahora, tengo nociones duramente aprendidas a lo largo de los años y créeme, ¡qué desafío para un pintor tú habrías sido! ¡Qué delicia y qué tortura el tratar de captar el lustre de los tafetanes verde manzana y los terciopelos granate de los vestidos de nuestra ama, el sobrio marrón del tuyo, el rosa y dorado de tu turbante, contrastando con tus dos aretes de oro engarzados en el bello claroscuro de tu esbelto cuello moreno que arrancaba armonioso del escorzo suave de tu mejilla mora! Y, ¿cómo pintar tus laboriosas y bellas manos delgadas, que revoloteaban oscuras sobre las sedas como aves incansables?

Tras la muerte de mi madre, mi ama me hizo su paje, me vistió en un fino traje de brillante seda azul y me puso en la cabeza un turbante de color anaranjado y plata. Me dio también los aretes de oro de mi madre pero conservó y usó siempre el brazalete de oro. Mi ama perforó mi oreja izquierda ella misma y corrió un hilo por la herida, poco a poco, hasta que sanó y luego me colgó un arete.

—¡Limpia la sangre el usar un arete!—me dijo—. Ea, conservaré el otro por si pierdes el que llevas.

Mi ama era buena conmigo, pero caprichosa, y a menudo era olvidadiza porque adoraba al amo, quien siempre estaba enfermo, y esto era su constante preocupación. Mi ama era una Da Silva, de origen portugués, de la ciudad de Oporto. Era mi deber caminar tras ella cuando salía de compras o a saborear un sorbete con sus amistades. Yo cargaba con su bolso, su abanico, su misal y su rosario que guardaba en un cofrecito incrustado de perlas.—Juanico—, solía decirme—. Juanico, mi abanico. ¡No, no me lo des en la mano, abanícame con él! Me sofoca el calor. ¡No, no tan fuerte, que me despeinas!

Pronto aprendí, con el fatalismo de los niños esclavos, a no sorprenderme cuando me golpeaba con su abanico cerrado y sentía un repentino dolor en la mano que me nublaba momentáneamente la vista. Pero de repente me miraba, me ajustaba el turbante y me pellizcaba cariñosamente la mejilla. Estaba yo en el mismo plano que su perrito Toto al que castigaba y hacía caricias alternadamente.

No obstante, yo quería con devoción a mi ama. Cuando me enfermaba era muy solícita conmigo, me traía caldo por las noches. Se aseguraba de que yo tuviera agua limpia para bañarme y siempre me regalaba un trozo de las barras de jabón blanco que ordenaba para su propio baño. Me alimentaba bien y a menudo me daba monedas para comprar dulces o me permitía salir a la calle a mirar a los saltimbanquis o ir a las ferias.

Siempre le agradeceré una cosa en particular: me enseñó mis primeras letras. Ahora me doy cuenta de que mi ama, como muchas mujeres de su clase, tenía muy poca educación general. Leía lenta y trabajosamente y le tomaba una larga tarde redactar una carta a su familia en Portugal o a su sobrino, un pintor que residía en Madrid. Sin embargo, tenía una gran sabiduría natural y práctica, cultivaba su memoria y poseía un juicio muy certero.

Una cálida tarde del mes de septiembre me llamó para que acudiera a sus habitaciones y por vez primera no inició de inmediato la conversación con una lista de deberes y encomiendas que debía yo cumplir. Se ataviaba en esa ocasión con un vestido de verano de género ligero y había corrido las cortinas para impedir que los rayos del sol estropearan los colores de su alfombra mora. La habitación se sentía sofocante y la frente de mi ama estaba perlada de gotitas de sudor.

Se afanaba en abanicarse, jadeando un poco por momentos.

—Veamos, Juanico—me dijo—, déjame estudiarte.

En seguida me miró larga y detenidamente. Por fin dijo para sí:

—Sí, creo que te sobra capacidad e inteligencia. Estoy segura.

Luego de este examen me dijo afanosa, secándose el cuello con un pañuelo blanco de algodón:

—Voy a enseñarte el alfabeto; si prestas atención y practicas frecuentemente, tendrás pronto buena mano para escribir y mejores ojos para leer, podrás redactar mis cartas y, tal vez, ayudar al amo en sus negocios. Voy a disponer que nadie te moleste mientras duermo la siesta por las tardes. Será entonces cuando estudies y pongas en práctica mis enseñanzas.

Yo tenía en aquel entonces sólo unos nueve años de edad y la idea de tener que aprender algo que, según había visto, le causaba mucha angustia a mi ama cuando tenía que escribir una carta no me atraía mucho. Pero sabía lo impetuosa y voluble que era mi ama. Me limité a contestarle:

—Sí, ama—, y estaba seguro de que olvidaría el asunto en poco tiempo.

Pero no lo olvidó, a pesar de que esa noche cayó una tormenta sobre la ciudad que duró varias horas, refrescando el ambiente a la vez que limpiaba el pertinaz polvo de Sevilla. El día siguiente amaneció fresco y limpio, ideal para que mi ama saliera de paseo a lucir sus elegantes vestidos que habían sido confeccionados con telas traídas de Turquía y Persia por el amo.

Aquella mañana comenzó como todas. Cuando me llamó mi ama, vestía un traje de color ciruela y lucía cadenas de oro en su cuello. Además se tocaba con una mantilla negra. Nos dirigimos en seguida a misa. Yo caminaba unos pasos detrás de ella cargando su dulcero, su rosario y un fuetito rematado de plumas que se utilizaba para ahuyentar a los perros sarnosos o a los mendigos harapientos que se acercaran demasiado.

La misa se celebraba en la gran catedral de Sevilla con sus altísimos arcos y largas y esbeltas columnas, sus dorados altares y opulentas pinturas de temas religiosos, todo ello entre un mar de velas y veladoras que centelleaban en una perfumada bruma de incienso. Para mí era una delicia asistir a ese bello templo. Gozaba de los solemnes cánticos de los frailes, admiraba sus suntuosas vestiduras y me conmovía el ritual sagrado de la consagración y las bendiciones. Mi ama tenía que llamarme la atención con un golpecito de su abanico, pues me ensimismaba tanto en la iglesia que la olvidaba por completo a ella y sus pertenencias mientras mi alma ascendía a gozar de la luz de oro que parecía enviar Dios mismo.

Después de la misa yo abrigaba la esperanza de que mi ama optara por acudir a la casa de unas amistades suyas donde se preparaba esa extraña y sabrosa bebida que provenía de las Américas, el chocolate que, espumoso y caliente, se servía en pequeñas tazas. Mi ama me permitía, a veces, que terminara yo los últimos sorbos de su taza. El chocolate me encantaba y procuraba conservar en mi lengua su dulce y peculiar sabor por varios minutos. Pero en esa ocasión mi ama tomó la ruta corta de regreso a casa y se apresuró a llegar, como si tuviera un apuro. Se dirigió en seguida a su cuarto y regañó severamente a la mucama, una aldeana de rústico aspecto, por no haber ventilado la habitación y tendido la cama.

—Espabílate y termina de asear mi cuarto—le ordenó mi ama—. Deseo trabajar en mi escritorio y no tolero ver una cama revuelta y una habitación en desaseo.

Mi ama guardó cuidadosamente su mantilla negra de misa y su rosario y se subió las mangas un poco más arriba de las muñecas. Luego puso en orden sobre su escritorio el juego de plumas y tintero y me di cuenta de que no había olvidado su amenaza de enseñarme a leer y escribir.

Comenzamos en seguida con la A y pasamos a la B, la C y la D esa misma mañana. Con paciencia me enseñó el sonido de cada letra y me alegré al darme cuenta de que escribir y leer eran las dos caras de una misma moneda y que pronto habría de dominarlas. Poco después, habiéndose retirado mi ama a dormir la siesta, me apliqué a mis estudios y a practicar las letras. Mi amo tenía una gran biblioteca llena de volúmenes encuadernados en cuero y a menudo lo había visto pasar horas enteras allí, encantado, leyendo en voz alta, riendo o haciendo comentarios sobre lo que leía en esos libros. Yo ansiaba poder hacer lo mismo que mi amo y enterarme de todo lo que encerraban esos libros.

Mi amo era un hombre alto y delgado, con una piel algo amarillenta por efecto de las fiebres padecidas. Era enfermizo pero a pesar de ello mantenía su casa y atendía sus negocios en los almacenes de su propiedad cerca de los muelles, a donde acudía por las mañanas temprano, casi siempre sin desayunar.

—Mi hígado no funciona hasta que no he caminado media legua—solía decir a mi ama cuando imperiosa le ordenaba que tomara algún desayuno antes de salir de casa.

A ella le encantaba comer bien y por ello instaba a mi amo a probar un huevo tibio o un trozo de pescado en escabeche por lo menos. Sin embargo, mi amo regresaba a casa a eso de las tres de la tarde a tomar una frugal comida de legumbres hervidas y pan fresco, a pesar de los ruegos de mi ama para que le hiciera los honores a los múltiples y deliciosos platillos que ella, con su propia mano, había preparado durante su ausencia.

—¡Pero si comes como si fueras un monje!—le decía exasperada mi ama, pero él no le contestaba, sólo sonreía y le acariciaba la mano para calmarla. Tras un breve descanso el amo pasaba a la biblioteca, donde tan placenteros ratos pasaba leyendo sus libros, casi siempre a solas.

Envidiando esas lecturas, yo me afanaba en mis estudios y mi ama resultó ser perseverante y firme. A diario, sin importarle otros planes que se hubiesen preparado, mi ama revisaba mis borrones y escritos sobre papel fino o corriente y me asignaba otras letras para estudiar y escribir. Pronto las escribía mejor que ella, lo que al principio le molestó, pero felizmente su sentido común vino en su auxilio y exclamó:

—¡Vaya, ya lo sabía yo, Juanico! Reconozco que tienes buena mano, tanto que nadie se avergonzaría de ella. Tus letras son redondas y nítidas y los remates los delineas hermosamente; ¿Te gusta esta labor, o no?

Yo bajé la cabeza para ocultar mis sentimientos de gozo y satisfacción porque sabía que mi ama era caprichosa y si advertía que yo prefería hacer las letras y estudiar que hacer cualquier otra cosa podría asignarme por un tiempo otras tareas, odiosas para mí, para que conservara mi humildad.

El tiempo transcurría y llegó el momento en que escribía toda la correspondencia de mi ama, en especial cuando el amo cayó enfermo y mi ama estaba muy ocupada con él, aseándolo y atendiéndolo en todo lo posible. A menudo me hacía sentar junto a ella con papel y pluma y me dictaba entrecortadamente sus cartas mientras le cambiaba el agua a unas flores o ventilaba el cuarto del enfermo o medía las medicinas para el amo.

—Escribe a mi hermana en Oporto, Juanico—ya sabes las señas—y dile que por acá seguimos igual. Mi querido esposo casi no prueba bocado, su estómago no tolera ni un poco de caldo y padece terribles dolores.

Enjugándose las lágrimas con el dorso de la mano continuaba:

—Pídele que me envíe dos odres del mejor vino de Oporto y asimismo que me mande un saquito de aquella hierba que de niñas tomábamos para el malestar de estómago . . . Ella debe saber el nombre del remedio. Avísale que me mande el vino y la hierba con un mensajero y aquí yo sabré recompensarlo si llega pronto. No dejes de mandarle mis saludos y cariño y añade todo lo que suelo agregar al final de mis cartas. Anda, redacta esa carta en seguida y tráemela para firmarla hoy mismo.

A veces solía yo hacer en los márgenes de las cartas pequeños dibujos y diseños para ilustrar algún tópico. Quizás un trozo de encaje de un pañuelo, un pajarillo, una naranja o incluso a Toto, el perrito de mi ama. A ella esto la divertía y nunca me regañó por ello.

El amo fue empeorando cada día más. Llegó el día en que no pudo levantarse de su cama y todo en la casa se entristeció. Hoy, años después, aún recuerdo la carta que me dictó mi ama para su sobrino en Madrid, en la que le informaba de la muerte de su esposo:

Mi querido Diego: He de darte aquí muy dolorosas nuevas. Tú bien sabes cuánto te quería tu tío Basilio. Ya no podrá abrazarte más. Sus últimos meses los pasó con tantos dolores que no me atrevo a llorar pues fue la misericordia de Dios la que puso fin a su padecer y eso he de agradecérselo. Pero ahora estoy sola y en tinieblas pues mi amado compañero ya no está conmigo. Él era bastante mayor que yo, me mimaba en exceso pero lo amé mucho. ¡Ay de mí! Espero hacer el viaje a Madrid para visitarte una vez que haya transcurrido el año de luto que debo guardar aquí en Sevilla. Tu tío sembró un arbolito de naranja en un macetón. Es de una nueva variedad, más dulce y jugosa, que te gustará. Te lo llevaré como un regalo de él para ti cuando te visite.

Tu tía que te quiere,
Emilia

Por lo dicho en esta carta supe que estaríamos en Madrid al cabo de un año y así fue como comencé a pensar mucho en don Diego, el sobrino de mi ama. Supe por lo que escuchaba ocasionalmente que era un gran pintor, de notable talento pero taciturno, severo y extraño. Yo, por mi parte, pensé que sería espléndido poder mirarlo trabajar y tuve la esperanza de que habría ocasión para ello, cuando no estuviera ocupado en atender las necesidades de mi ama.

También me enteré que don Diego había sido alumno del maestro Pacheco y que había contraído matrimonio con la hija de éste. Yo decidí, al saber esto, que de algún modo me escurriría dentro del estudio del gran Pacheco, bajo cualquier pretexto, porque aún trabajaba en Sevilla y tenía muchos alumnos. ¡Cómo anhelaba visitar el estudio de un gran pintor, observar la manera en que mezclaba y aplicaba los colores y advertir el proceso de creación de un cuadro bajo la mirada magistral del artista a partir de un blanco lienzo!

Pero mi ama me mantenía encerrado en casa pues ya no salía sino a la santa misa. Se tornó malhumorada y adelgazó mucho por los ayunos y las penas. Muchas veces lo único que lograba era una débil sonrisa en sus pálidos labios. Toto y yo hacíamos lo imposible por entretenerla, pero estaba permanentemente ocupada administrando los negocios del difunto don Basilio y las largas columnas de cifras y papeles le producían jaquecas.

Un día de verano logré acercarme a la casa del gran Pacheco pero resultó ser un día triste; nunca lo olvidaré. Grandes sufrimientos me aguardaban ese día pero no lo sabía aún cuando salí muy temprano a traer el pan de la mañana. El sol aún no estaba alto y el día todavía estaba fresco cuando corrí dando un rodeo con la esperanza de ver trabajar al gran pintor en su patio mientras la puerta de su casa estuviera abierta porque a esa hora la servidumbre lavaba las baldosas y escalones frente al gran zaguán que daba a la calle.

Cuando me acercaba vi salir de la casa un cortejo fúnebre: un tiro de caballos enjaezados de negro que agitaban penachos de plumas negras sobre sus cabezas y un féretro que salía de la casa de Pacheco. Interrogué a unos niños que allí estaban, quienes me informaron que la hija menor del Maestro había muerto la víspera y en ese momento la llevaban a la iglesia para la misa de difuntos antes de ser enterrada.

—Hay peste en la ciudad—me dijeron santiguándose—, y hay funerales en todas partes. La peste llegó en un barco procedente de África que traía marfil y esclavos. ¡Escucha! ¡Están doblando a muerto las campanas de la catedral!

Pude oír los solemnes tañidos de muchos campanarios. En mi prisa no las había oído porque en Sevilla las campanas sonaban todos los días y a todas horas. Asustado corrí a la panadería, pero estaba cerrada y sobre los maderos de la puerta, frescos aún, se veían los trazos de una cruz, señal de que alguien moría de peste en esa casa. Sin aliento me lancé de regreso a casa con el terrible temor de que allí también, en los postigos, estuviera la espantosa señal apresuradamente pintada en rojo, brillante aún en el sol mañanero. Siempre me había sentido profeta o vidente porque a menudo tenía fugaces visiones de algo por venir. Y, desdichadamente, mi premonición resultó cierta. Al día siguiente yo mismo pintaba la cruz en nuestro amplio zaguán y, antes de terminar el día, mi ama era amortajada y preparada para su funeral.

Cuando se llevaron a mi ama para enterrarla yo no pude seguirla ni estar presente, pues caí enfermo gravemente. Yacía en mi catre soñando con beber agua fresca y ardiendo en fiebre, sufriendo horrorosas alucinaciones y pesadillas, empapado en sudores y vomitando. No sé cuántos días pasé así, de cara a la muerte.

Cuando al fin volví en mí, me levanté del lecho y, tembloroso y debilitado, caminé tropezando hacia la cocina para poder comer algo. Me di cuenta del seco y amenazante silencio que reinaba en la casa. Todo estaba lleno de polvo y los sirvientes habían desaparecido. Sólo quedaba un escuálido perro que, al igual que yo, lamentaba en endebles aullidos su soledad. ¡Estábamos los dos en un total abandono!

Bebí agua de un cubo de madera medio vacío que había en el patio y comí unas naranjas que habían caído al suelo y ya estaban pasadas pero el hambre me obligó pues estaba demasiado débil para trepar a los árboles. Después de eso dormí otra vez profundamente y sin soñar por largas horas hasta que me despertaron unos fuertes golpes que daban en el zaguán. Aunque muy débil aún, me incorporé y pude abrir y ahogadamente preguntar:

—¿Quién llama?

Era un fraile capuchino en un raído hábito, de esos que había visto en Sevilla deambular pidiendo limosna y atendiendo a los enfermos y moribundos. Entró a la casa y caritativamente me lavó las manos y la cara, me preparó una cama y hasta cocinó algo de sopa con lo que encontró en la alacena y me alimentó con una vieja cuchara de madera.

—Soy el hermano Isidro—me dijo—, y es un milagro de Dios que estés vivo, hijo mío. Todos los que vivían en esta casa han muerto y ya están bajo tierra.

Hizo una pausa, suspiró y se santiguó murmurando una oración.

Era un hombre ya viejo, con un flequillo de canas en la frente y había perdido varios dientes, de manera que al hablar emitía como un silbido. En medio de esos silbidos se oyó una especie de gemido, como un leve aullido. Era Toto, el perro que tan escuálido había visto antes y no había reconocido. Estaba sucio y tan delgado que parecía otro. El hermano Isidro lo levantó y acarició levemente, luego le dio sopa también, tras lo cual Toto le lamió la mano y se acurrucó junto a mí.

—Pobrecillo—susurró el fraile—, me lo llevaré conmigo y lo cuidaré en el convento. Y tú, muchacho, debes dar gracias a Dios por estar vivo y rezar para que te revele el porqué te ha dejado en este mundo. Por algo te salvó Dios la vida. Te ha escogido para que cumplas su voluntad; para que lleves a cabo un deber.

—¿Qué deber?—pude decir jadeando.

—Él te lo revelará a su tiempo—contestó el hermano Isidro—. Dios te mostrará lo que debes hacer y el porqué te ha mantenido vivo en este mundo, así como hizo conmigo. Yo era soldado y me encaminaba a las Indias cuando mi barco zozobró y se hundió con todos los que íbamos a bordo menos yo, que pude salvar la vida asido a un madero. Mientras era arrastrado en el inmenso mar, esperando ser rescatado, Dios me envió en un sopor de ensueño una visión de lo que habría de hacer de ahí en adelante, y era atender a los enfermos y a los pobres, y así lo he cumplido desde entonces, desde que me rescató del mar un velero español.

—Ahora debo irme, pero retornaré mañana para cuidarte y traerte algo de comer. Tú, por lo pronto, debes descansar y rezar. Pronto veremos dónde has de permanecer y qué ha de ser de ti—dijo el fraile.

—Soy un esclavo—le contesté—. Mi nombre es Juan de Pareja y pertenecía a Doña Emilia de Silva y Rodríguez.

—Indagaré lo necesario y me haré cargo del perrito. Tú no te levantes aún; estás débil y puedes resfriarte.

Se apuró entonces en lavar sus escudillas y cucharas y las guardó en un zurrón grande de cuero que llevaba siempre. Se lo colgó de un hombro, recogió a Toto y salió presuroso. Sólo oí el golpe de la puerta del zaguán cuando salió de la casa.

Traté de rezar pero sólo unas palabras salieron de mi boca cuando me venció el sueño. Pocos días después supe por el hermano Isidro que yo había sido heredado, junto con todas las propiedades y la casa de Sevilla, por el gran pintor que vivía en Madrid, don Diego Rodríguez de Silva y Velázquez.

II

En el que me preparo para un viaje

Al día siguiente el hermano Isidro entró seguido por un magistrado de aspecto severo. Era de mediana edad y vestía de terciopelo negro y de su cuello pendía una pesada cadena de oro, la cual ostentaba una imponente medalla del mismo metal. Tras él caminaba un muchacho esclavo, como de mi edad, que llevaba un tintero y varias plumas de ganso. Parecía muy asustado y miraba a su alrededor temeroso de que en un mal paso pudiera derramar la valiosa tinta negra de la India. Finalmente, cerraba la procesión un empleado flaco y desmedrado que apenas podía con el enorme peso del libro de actas, impresionante por su tamaño y sus forros de cuero y en el que el magistrado escribano procedería solemnemente a redactar cifras, datos y nombres. Antes, sin embargo, probó la firmeza y comodidad de varios sillones hasta que, optando por uno, se hizo traer una pequeña mesa adecuada a su labor, en la que se depositó el gran protocolo de actas.

—Ya puedes depositar aquí el tintero, Bobo—dijo el magistrado—, y cuando te lo diga, podrás mojar la pluma en él . . . ¡Todavía no! Debo poner en orden mis pensamientos y aplicar el debido procedimiento.

El hermano Isidro, con una tímida reverencia, se atrevió a hablar y dijo:

—Excelencia, ¿podría usted tomar nota del pequeño Juanico, aquí presente, a efecto de que pueda llevármelo de regreso al convento, para prepararlo para el viaje que ha de emprender?

El magistrado miró fija y fríamente al hermano Isidro y dijo:

—Cuando yo esté listo para anotar a este esclavo, con su nombre y generales, lo haré, y no antes. Mientras tanto—agregó—que se haga útil y vaya trayendo aquí los libros de la biblioteca, uno por uno, que han de ser registrados y descritos para cotejar debidamente las listas de bienes de la herencia del difunto don Basilio Rodríguez, que en paz descanse.

—¿No podría yo . . . ?—comenzó de nuevo el pequeño frailecillo, pero se detuvo y calló al advertir la severa mirada y la mano imperiosa que se levantó ante él.

De manera que, a pesar de mi debilidad, empecé a cargar libros y libros, a brazos llenos, y tardó toda la mañana el registro que el magistrado hizo de cada uno de los mismos en sus listas. El hermano Isidro tuvo que ausentarse a sus ocupaciones con sólo una promesa de que volvería por mí, y cuando las campanas de la catedral sonaron al mediodía, yo ansiaba ver la cara rubicunda, pequeña y arrugada del bondadoso fraile aún más que la de mi difunto amo.

Por fin, el magistrado suspiró, esparció arena sobre la tinta aún fresca de sus libros enormes y con un ruido sordo los cerró al fin. Se levantó del sillón, caminó hacia el portón seguido por su empleado y su esclavo y salió a la calle. Pude apenas colocar el aldabón sobre sus soportes en el gran zaguán y, tembloroso de fatiga, me encaminé a mi catre.

El buen hermano Isidro vino por mí hacia el crepúsculo, trayéndome pan y queso. Además me trajo una capa, una de esas que desechan las damas pudientes para que las tomen los pobres, pero para mí fue un gran alivio poder arrebujarme en ella aunque hacía calor, pues así cubría mi escuálido y endeble cuerpo.

—Estarás en el convento—me dijo el fraile—. El padre superior ya lo ha autorizado—. Y agregó:—Y no dejaremos que te lleven hasta que te hayas repuesto. Conozco al magistrado y a los de su oficio; no tienen mala intención ni son crueles, pero no ven las cosas. Miran a un muchacho negro y sólo piensan en un esclavo capaz de trabajar. Ellos no ven lo que yo veo.

—¿Y qué es lo que usted ve, padre?—le dije a medida que lo seguía por las estrechas calles de Sevilla, siempre presuroso con sus viejas sandalias polvorientas.

Redujo el ritmo de su paso y me dijo:—Bueno, veo a un ser humano. Un muchacho. Un hijo de Dios, creado a su semejanza. ¿Ya hiciste tu primera comunión?

—Oh, claro que sí—contesté orgulloso.—Mi ama se ocupó de eso. Yo solía ir a misa con ella todos los días—. Sin embargo, pensé que no volvería a verla nunca, ni al amo, ni la casona que había sido mi hogar, y rompí a llorar. Sentí gruesas lágrimas que corrían por mis mejillas. El hermano Isidro, al ver esto, volvió el rostro y me dio dos tenues palmaditas en la espalda.

—Vaya, vaya—me dijo conciliador—. Recemos el santo rosario a medida que caminamos y ello te reconfortará. ¡Pobre hijo mío! Pero apura el paso, pues el convento está en las afueras de la ciudad. Y mejor para ti, pues el magistrado no sabrá por mí dónde te encuentras. Puedo no oír las preguntas indiscretas cuando me conviene—. Y agregó:—Dios me perdone por estos engaños. Pero no mentiré; sólo me apartaré de su presencia. Ave María, gratia plena . . .

Y así, musitando plegarias al trote que llevábamos, las conocidas palabras en efecto me reconfortaron y me ayudaron a pasar sobre pedruscos y zanjas del camino hasta que, al fin, el hermano Isidro golpeó con fuerza el viejo aldabón de la puerta del monasterio.

En el interior reinaba la confusión. Corrían niños, por doquier, gente sana y lisiada, ancianos y animales. De pronto el pequeño Toto corrió hacia mí ladrando de alegría. Estaba muy flaco el pobre, pero limpio y su barriguita estaba dilatada con el alimento que había ingerido. Me saludó con mucho cariño.

El espectáculo que presenciaba no era en absoluto lo que yo había pensado que era la vida conventual. Siempre había creído que era un transcurrir ordenado, silencioso y cómodo. Pero pronto caí en la cuenta de que este convento era diferente de los demás, era en realidad una especie de asilo. Además, los frailes eran muy pobres y lo poco que obtenían como limosna lo compartían con los más pobres, los olvidados y los enfermos—con todo el que sufriera, tanto humanos como animales.

Debí haberme dado cuenta, en caso de haber reflexionado, de que mi situación era extraña. ¿Qué podría hacer yo, un pobre esclavo enfermo e inútil en uno de esos monasterios opulentos dedicados al estudio y a la copia de antiguos manuscritos sagrados o profanos o a la oración contemplativa? En la casa de Nuestro Padre, recordé, hay muchos aposentos y a cada uno se le han asignado diversas tareas.

El hermano Isidro con voz irritada regañaba a la horda de niños, ancianos y tullidos que junto con asnos y perros pulgosos lo asediaban. Dando voces llamó a otros frailes, tan harapientos como él, para que lo ayudaran con el saco de mendrugos de pan que aún sostenía en alto—. Ahora a ponerse en fila, sin empujar—dijo el buen fraile—. Hay suficiente para todos, gracias a Dios. La muchedumbre de algún modo se dispersó y se ordenó para recibir su ración. Yo había permanecido a su lado y traté de ayudarlo. Rompíamos el pan en trozos y otro fraile iba entregando en propia mano a cada individuo su ración junto con un plato de sopa que era extraída de un caldero y depositada en una mísera escudilla desportillada. En la sopa remojaban el pan y todos comían voraces. A los animales les asignaban los restos del pan seco y había algunos huesos para los perros.

El hermano Isidro y yo comimos después, en su celda, mientras otro fraile distribuía frazadas y disponía sitios para dormir esa noche—. Hacemos lo que podemos—me dijo mientras bendecía su trozo de pan y daba gracias al Señor—. Todos estos pobres se quedan unos días con nosotros y pedimos limosna para ellos. Dios es grande y generoso y casi siempre retornamos con sacos llenos de pan de la ciudad. A los niños los colocamos como aprendices cuando es posible. Los viejos permanecen más tiempo y nos ayudan a pedir. Algunos no vuelven nunca. . .unas monedas, un poco más de pan, en fin, no hemos de juzgar. Hacemos lo posible—y diciendo esto mordió el tosco pan moreno que tenía en la mano.

—¡Quisiera quedarme con vosotros para siempre!—exclamé.

—Sí, yo también lo quisiera, pero debes ir a Madrid—contestó el hermano Isidro—. Es un bello lugar—añadió—, y si mantienes tu alma pura y tu corazón generoso harás mucho bien. Hay mucho que hacer en este pícaro mundo.

Pero, yo soy sólo un esclavo. . .un sirviente—dije quejumbroso y sintiendo lástima de mí mismo.

—¿Y quién no lo es?—me contestó de inmediato el hermano Isidro—, ¿es que acaso no servimos todos a alguien?. . .Aunque a veces no sepamos a quién, hemos de hacerlo. No hay nada vergonzoso en ello; es un deber.

Esa noche dormí en su catre, que era de madera, y sin cobija. Pero tenía el viejo gabán que me había dado y por la mañana el buen fraile me despertó y me ofreció un trozo de pan y una lasca de queso.

—Quédate hoy aquí y hazte útil a los demás—me dijo—. El padre Superior ha ordenado que te hagas cargo de los más pequeños. Pero cuídate, porque has de estar sano y vigoroso para el viaje a Madrid.

Esas palabras no las recordé sino hasta más tarde cuando ya había emprendido el viaje a Madrid con el gitano. Entretanto pasé seis días muy atareado en el convento. Había unos veinte frailes, todos franciscanos, que cumplían su vocación de vivir en santa pobreza compartiendo con los más necesitados y menesterosos. Y ocupado como estaba en enjugar las frentes febriles de los enfermos, ayudar a los lisiados a desplazarse, persuadiendo a los inapetentes a ingerir sus mendrugos de pan y a caminar al sol en vez de quedarse acurrucados en la sombra, empecé a imaginarme lo que serían Madrid y mi nuevo amo.

Cada noche esperaba al hermano Isidro con impaciencia. A veces aparecía con dos enormes sacos, uno con nabos, cebollas o cualquier otra legumbre que podía obtener, y el otro con pan. Ocasionalmente era pan fresco que había podido comprar con las monedas obtenidas mendigando. Yo miraba su rostro para ver si tenía noticias y al fin un día las tuvo. A la mañana siguiente habíamos de regresar a la ciudad, pues yo sería puesto en camino hacia el norte, hacia Madrid.

Esa vez el retorno a Sevilla me pareció alegre y hasta el olor de la hierba seca y el canto de los grillos me pareció agradable. Iba cantando por el polvoriento camino. Al llegar a la ciudad anduvimos por calles para mí desconocidas—. La casa donde tú vivías ha sido vendida—me dijo el hermano Isidro—. Te llevo ahora a la casa del magistrado.

Nos detuvimos ante un enorme portón de madera claveteado con rosetones de bronce. El fraile llamó por medio de un extraño aldabón en forma de pescado que impactaba un gastado rodete de metal y producía un sordo pero característico sonido. A los tres aldabonazos, el portón se abrió y entramos a un sombrío vestíbulo que parecía muy oscuro por el contraste sorprendente que presentaba con el patio soleado y brillante que se veía más al interior de la casa. En ese patio adornado de macetones con flores cantaba una fuente saltarina.

Se nos ordenó permanecer en el pasillo. Poco después un mozo de la servidumbre vino y nos hizo pasar al salón donde el magistrado administraba sus asuntos, en la parte posterior y silenciosa del caserón.

Estaba sentado ante una amplia mesa de patas labradas, toda cubierta de papeles y manuscritos y se veían sus dedos manchados de tinta. No levantó siquiera la vista, y con un ademán indicó al hermano Isidro que tomara asiento. A mí sólo me ordenó secamente con un gesto que permaneciera de pie junto a la puerta del salón, pero en el corredor exterior.

No pude escuchar a través de la gruesa puerta lo que hablaban pero el hermano Isidro salió del salón enfadado y triste. Me rodeó el hombro con su brazo y me bendijo. Con eso supe que no lo volvería a ver. Se me estrujó el corazón ante esta nueva partida y me quedé callado. El hermano Isidro salió apresurado de la casa y yo quedé solo en el corredor con mi bulto de ropa y mi imaginación echada a volar sobre mi futuro.

Pasaron horas y nadie me dio orden o indicación alguna y yo era demasiado tímido para preguntar. En el convento, donde había estado débil y enfermo al principio, al menos tenía deberes, personalidad y algo de responsabilidad. Ahora había vuelto a ser algo así como una cifra, un esclavo; ya no era persona. Junto a mí pasaban apresurados los sirvientes y ni siquiera me miraban, como si no existiera. Al salón despacho del magistrado entraban y salían visitantes y clientes solemnes y preocupados. Mis piernas comenzaron a flaquear tras varias horas de permanecer de pie, pero no había donde sentarse. Cuando no pude más, me senté en el suelo apoyando mi espalda en la pared y, cabeceando, me quedé dormido.

Fui despertado rudamente con una patada en la pierna que me propinó un sirviente que me miró despectivo por haberme quedado dormido así; sobresaltado, sintiéndome solo y abandonado, empecé a llorar. Ante esto, el criado me pateó de nuevo para hacerme callar. Tragué saliva y orgullo y me incorporé. El criado vestía de negro y llevaba un delantal de color verde. De sus bolsillos asomaban trapos de limpieza y un cepillo—. Ven conmigo— me gritó con desprecio—. El amo te tiene noticias— agregó con un tonillo de burla—. Dominé mis nervios y lo seguí. No entré al salón al que había entrado el hermano Isidro, sino a la habitación del magistrado.

El magistrado se había quitado la chaqueta de su traje negro y vestía sólo los pantalones atados a la altura de la rodilla con medias y zapatos negros. Su camisa era blanca, holgada y con vuelos al frente.

—¿Cuál es tu nombre?—dijo el magistrado en tono un tanto irritado—. No he traído conmigo los papeles—explicó impaciente.

—Yo soy Juan de Pareja—le contesté.

—Bien, Juanico—dijo en tono aparentemente conciliador—puedes ir a la cocina y comer algo. Esta noche dormirás en las caballerizas. Mañana temprano saldrás hacia Madrid, con los bienes de doña Emilia para su sobrino don Diego. En el camino, espero que te ganes el sustento ayudando al mulero. No me asignaron dinero para tu manutención ni aquí en mi casa ni en el camino. Pero—suspiró—soy un hombre generoso y no te enviaré con el estómago vacío.

Yo, a pesar de mis cortos años, ya sabía lo suficiente por mi cuenta, y por las experiencias de otros esclavos, que hay que desconfiar de las personas que se llaman generosas o justas o bondadosas. Por lo general, son las más crueles y mezquinas, vanidosas y egoístas. Los esclavos sabemos cuidarnos de los amos que se elogian a sí mismos antes de dar órdenes.

Sentí un escalofrío cuando en la cocina el cocinero me ofreció sólo un poco de sopa tibia en una escudilla sucia y ni una migaja de pan siquiera. Sentí una dolorosa premonición de que vendrían duras jornadas de trabajo y humillaciones. Observando la cocina advertí que era pobre en aspecto y en surtido. Brillaban por su ausencia los jamones o los quesos que junto con sartas de ajos y pimientos penden de las buenas cocinas sevillanas. Las alacenas para el azúcar y la harina ostentaban gruesas cerraduras. El cocinero era escuálido y malhumorado y concluí que el señor magistrado era un tanto avaro y mezquino. Luz de la calle y tiniebla en su casa, reza un viejo adagio español y el letrado era de éstos: ostentoso y grandilocuente en los foros y tribunales, pero vivía en penuria y con estrecheces en el cascarón de su vieja casona.

Las caballerizas estaban al menos en mejor estado que la cocina. Había varios caballos finos, hermosos y bien alimentados. Los arneses y aparejos estaban bruñidos y bien aceitados y los adornos de bronce se veían brillosos. Como nadie me señaló un sitio para dormir, escogí yo un montón de paja fresca y me cubrí con una manta de caballo de esas que les echan encima después de un veloz galope por la campiña. Pronto me quedé dormido.

III

En el que conozco a don Carmelo

Antes del alba fui despertado por el impacto de una taza de agua fría que me arrojaron a la cara. Al mirar hacia arriba pude ver en la semioscuridad del amanecer una cara redonda, con cicatrices y una hilera de dientes que me sonreían con curioso descaro. Era un hombre como de unos treinta años, de anchos hombros y de cierta apostura semisalvaje y astutos ojos negros.

Pronto advertí, por las órdenes que gritaba y por su ropa, que el hombre era el mulero que había de llevarme a Madrid. Me levanté de un salto y de inmediato me puse a sus órdenes.

Era un gitano, ágil y delgado, fuerte como una pantera y de muy rápidos movimientos, casi felinos. Me puso a acarrear agua y forraje para las mulas, animales muy malévolos y de impredecible humor. Una de las mulas trató de morderme y se acomodó para patearme, pero pude defenderme recordando mis experiencias pasadas con don Basilio, el bodeguero. En aquel trabajo tuve que ver con mulas, en las que casi toda la mercancía se transportaba. El gitano en cuanto vio mi problema se acercó y con gran calma le asestó un puñetazo en la boca al animal. Yo me libré de coces y mordidas, pero la pobre mula quedó sangrando y atontada, con la cabeza gacha.

—Y a ti te tocará lo mismo, pequeño morillo—, me dijo el gitano con una amplia sonrisa—, si me das la más mínima ocasión—. Pronto aprendí que la sonrisa del gitano era una seria advertencia y a pesar de que nunca había sido rebelde, más bien lento, también aprendí a saltar de inmediato cuando don Carmelo me ordenaba cualquier cosa. La verdad es que su nombre era Carmelo, así a secas. Pero le gustaba agregarse el don, el título de los caballeros, porque era no sólo agresivo sino vanidoso y gozaba al dominar a personas o animales y humillarlos con miradas o con advertencias de violencia. En todo caso, cuando salió el magistrado a darle las últimas instrucciones le llamó simplemente Carmelo.

Había diez mulas en total y don Carmelo las cargaba a su máxima capacidad; no tenía compasión de las pobres bestias. Yo pensaba en la distancia que recorreríamos en la primera jornada del viaje y me temí lo peor. Pero pronto supe que no había que preocuparse por eso. A don Carmelo le gustaba mucho cantar, bailar y beber vino y tenía tiempo suficiente cada noche para divertirse al máximo en cuanto campamento gitano encontrábamos. Así, aunque íbamos pesadamente cargados, las jornadas no eran demasiado largas, lo que era un consuelo.

El primer día de viaje vimos muchas tropillas de mulas por el camino y don Carmelo iba feliz, pues conocía a casi todos los muleros y arrieros. Se entretenía cantando por el camino y yo ya estaba muy fatigado a mediodía porque tenía que caminar siempre a la retaguardia de la caravana mirando que las cargas no se cayeran de los lomos de las bestias. Si esto sucedía se detenían y nada podía instigarlas a seguir la marcha. Don Carmelo lo sabía bien, y por ello se apresuraba a ajustar, balancear y sujetar bien las cargas de las mulas y se desquitaba pateándolas sin misericordia tras terminar la maniobra.

La noche de la primera jornada llegamos a una aldea cerca de cuya entrada estaban detenidos muchos carros de gitanos, llamativamente pintados y decorados. Ahí nos detuvimos y pasamos a mezclar nuestra caravana con toda esa gente, no sin antes descargar las mulas y ponerlas a pastar pero bien atadas a una cuña en tierra con una soga. Como era de suponerse, yo tuve que auxiliar en todo esto aunque me caía de cansancio y necesitaba una buena cena caliente y descansar mi cuerpo exhausto. Pero don Carmelo desapareció de inmediato y me dejó con las bestias. Cuando apareció la luna, yo desfallecía de hambre, don Carmelo no regresaba y yo no sabía qué hacer, y para colmo, desde el campamento gitano llegaban los apetitosos olores de un guiso de liebre y verduras.

Estaba yo desconsolado y hambriento mirando las fogatas del campamento gitano chisporrotear y comenzó entonces la música y el canto. Se reunieron casi todos los gitanos alrededor de un claro en el bosque y entre los acordes de las guitarras y el taconeo de los zapatos se inició la danza; el ritmo lo sostenían con palmadas y ocasionales improperios y gritos a los bailarines. Eran hombres y mujeres vestidos todos de manera exótica, o al menos a mí así me lo parecía, muy distintos de los sevillanos que había conocido en mi corta vida. Las mujeres vestían faldas floreadas y plisadas, pañuelos y cintas en el pelo y algunas flores. Vestían también blusas de colores chillones y muchos vuelos en las mangas. Los hombres vestían camisas de seda de brillantes tonos pero sus pantalones eran ajustados, de paño negro o de cuero. Un gitano que pulsaba la guitarra con maestría parecía dirigir la música.

Un súbito cambio de ritmo, marcado por un acorde de la guitarra, me permitió ver a don Carmelo saltar al centro del baile y con las manos en alto y tronando los dedos iniciar un baile. Pronto se le acercó una bella gitana de largos cabellos negros que desdeñosamente comenzó a bailar también con rápidos movimientos de brazos y castañetear con los dedos de las manos. Ambos se contoneaban cerca el uno del otro pero sin tocarse, con gestos expresivos. Era como una danza de cortejo de dos bellas aves o dos animales salvajes en algún remoto sitio de un bosque. La concurrencia de gitanos miraba en silencio, sólo interrumpido por palmadas y las cuerdas de la guitarra. Alguien gritaba un desafío ocasional a la pareja ensimismada. El espectáculo era bello, a la luz de una luna mortecina y con la pareja, en ocasiones, resaltando de pronto contra la luz de la fogata, como un par de sombras movedizas. Pero yo estaba hambriento e impaciente.

Cuando otra pareja de gitanos comenzó su propio baile, me acerqué a don Carmelo y le rogué que me diera algo de comer, pero su respuesta fue un brutal bofetón que me dio en la oreja y me dejó zumbando la cabeza un largo rato.

—¡Te daré una paliza! Es el modo de ponerse a dormir con el estómago vacío—me gritó con crueldad a medida que extraía un leño ardiente de la fogata y me perseguía con él.

—Deja ir al negrito—le aconsejó una bella gitana joven con tono indiferente—, resérvate para el baile.

Don Carmelo arrojó lejos el leño con un gesto cruel y me gritó:

—Aprende a robar tu comida, como cualquier chavalillo gitano lo sabe hacer—. Y luego agregó:— Si lo haces te enseñaré muchas artimañas y astucias, pero si quieres sentir lástima de ti y esperar a que te den de comer, te aseguro que pasarás hambre. ¡La comida no irá a tu encuentro!

No lo podía creer, pero estaba claro que lo que me instigaban a hacer era precisamente robar. A tumbos, todo confuso en mi mente, regresé a donde descansaban las mulas y me acurruqué junto a un árbol. A despecho de los retortijones de mi estómago pude dormir, pero al despertar por la mañana me convencí de que, o seguía los consejos de don Carmelo o me moría de hambre por el camino. Nada me dio de comer en adelante, salvo algún ruin hueso que arrojaba desde su mismo plato o algún mendrugo de pan que él no había apetecido. Y así fue todo el camino hasta Madrid.

¿Qué podía yo hacer? Era un muchachillo de ciudad, se me había protegido toda mi vida y, en esos momentos lo supe, había sido querido y bien apreciado, con todo y mi condición de esclavo. Nunca había conocido el hambre, ni el frío ni el descuido como con don Carmelo, quien vivía sólo para que, llegado el crepúsculo, pudiera hallar un campamento gitano o un cafetín y tablado de gitanos en algún pueblo, y allí entregarse al baile y al cante. Nunca supe de dónde sacaba la energía para sus francachelas nocturnas, tras de haber caminado y batallado con mulas el día entero. Parecía que estaba hecho de acero y roca.

En cuanto a mí, aprendí a robar frutas y repollos, aunque ya no estuvieran frescos. Llegué a encontrar una hogaza de pan fresco, que alguien había dejado caer y me la comí en menos de un minuto, en seco, sin tomar un sorbo de agua siquiera. Pero no podía deslizarme en un campo y ordeñar una vaca o una oveja; no sabía cómo hacerlo. No sabía atrapar un pichón o una gallina y retorcerle el pescuezo o tender una trampa para un conejo, como hacía don Carmelo.

Pero no hay duda que es verdad que la necesidad es una gran maestra. Pronto aprendí a echarme rápidamente a dormir, junto a las bestias, en cuanto éstas eran descargadas, en plena campiña, en un patio, donde fuera. Y luego, cuando aún no despuntaba el alba, me levantaba para buscar la iglesia más cercana y me acurrucaba en la entrada con la mano puesta siempre en alto, para mendigar, como lo había hecho el hermano Isidro. Los feligreses, con ánimos exaltados o corazón reblandecido tras de asistir a misa, dejaban caer un maravedí o dos en mi mano extendida. En ocasiones llegaba a juntar en una mañana lo suficiente para comer todo ese día. En los días malos, simplemente me lanzaba por las callejas de los poblachos y mendigaba de puerta en puerta algo de comer. Y debo haber conmovido a más de un corazón tierno porque para entonces estaba yo flaco, escuálido y andrajoso, y en ocasiones sangraba de alguna "caricia" que me había propinado Don Carmelo.

A la hora de cargar las bestias, lo que el gitano hacía siempre con sumo cuidado, ya les había dado su comida y él ya había desayunado, casi siempre asando algún polluelo o calentando directamente al fuego algún trozo de chorizo que derramaba fragantes gotas de grasa en la lumbre. Era entonces cuando yo regresaba de mis correrías matinales en eterna búsqueda de alimento. Regresaba con una hogaza de pan fresco comprado con las limosnas, o incluso con un par de huevos que quebraba y chupaba crudos.

Don Carmelo comenzó entonces a lanzarme astutas miradas de soslayo, con interés, viendo que había aprendido algunas de las artimañas indispensables para sobrevivir, y cuando hubo decidido que ya sabía comer más o menos bien con mis recursos, me exigió que le trajera pan fresco cada mañana.

Para entonces ya habíamos dejado atrás el polvoriento altiplano de La Mancha y comenzábamos a remontar las montañas que nos separaban de Castilla.

Las noches empezaban a ser muy frías. Mis viejos zapatos ya estaban inservibles y había iniciado la costumbre de envolverme los pies con trapos viejos, como los pordioseros. Estaba muy hambriento a menudo, pues ya no encontrábamos las aldeas y pueblos que se encuentran en los valles y acampábamos en despoblado. Pero don Carmelo era tan hábil como todos los de su raza en esto. Siempre encontraba un lugar protegido de los vientos, ya fuera con una colina o con una alta arboleda. Pero cuando no encontraba gitanos con quienes divertirse lo hacía conmigo, propinándome palizas.

Aguanté estos tratos hasta que llegamos un día a una población de cierta importancia, donde decidí esconderme del gitano y arreglármelas para llegar a Madrid solo y por mi cuenta. Pero la oportunidad no se presentó fácilmente. Los gitanos tienen una innata habilidad para leer la mente de los demás, y yo no dudaba que don Carmelo fácilmente leía la mía. Ese día se levantó al alba, igual que yo, y para cuando ya había mendigado tres maravedíes en la puerta del templo me tomó con brutalidad por el cuello y me arrastró en vilo hasta la panadería. Tras de hacer mi compra, me arrebató el pan y se alejó brincoteando y canturreando grotescamente con los carrillos inflados por lo que engullía.

A mí no me quedaba más remedio que retornar a las gradas de la iglesia y mendigar al final de la siguiente misa. No había andado diez pasos cuando sentí una fuerte mano peluda en mi hombro. Me encogí temeroso de que fuera don Carmelo, que volvía sobre mí, pero era la mano de don Dimas, el panadero del pueblo.

—¿Le perteneces a ese gitano?—me dijo en un fuerte susurro.

Yo ciertamente era esclavo, pero también era petulante.

—¿Desde cuándo puede un infeliz gitano tener un esclavo negro?—le pregunté con desdén—. Por supuesto que no le pertenezco a él. Ha sido por circunstancias adversas—proseguí tratando de usar un lenguaje altisonante—, que estoy en la caravana de ese gitano. Él lleva bienes para mi amo en Madrid. ¿A qué distancia estamos de Madrid?—indagué ansioso.

El panadero, un hombrón algo torpe, que usaba el gorro y el delantal sucio y harinoso de los de su oficio, se rascó la cabeza.

—No lo sé en realidad—musitó—. Está lejos, según entiendo. Nadie de por aquí ha estado en Madrid nunca.

—¿Y por qué me ha detenido usted aquí ahora?—le pregunté.

—Mi muchacho está enfermo y necesito un jovencito para que me ayude a palear la harina y atender el horno.

—Pues cuente conmigo—le respondí, casi rogándole y olvidando mis petulancias anteriores que, la verdad sea dicha, no compaginaban con mi apariencia pálida y con los andrajos que vestía.—Cuente conmigo para laborar pero, por nada del mundo le diga a don Carmelo dónde estoy. Ya iré yo a encontrar a mi verdadero amo sin tener que padecer las injurias y maltratos de ese maldito gitano.

Observé en los pequeños ojos del panadero un brillo airado que yo ya conocía. ¡Era la codicia! Tantas veces la había visto antes.

—Dos hogazas de pan al día y un lugar para dormir—me ofreció con simulada esplendidez.

—No. He de comer carne o queso cuando usted lo haga y mis dos hogazas de pan al día y un buen abrigo cuando me vaya de aquí.

—¿Cuánto tiempo te quedarás?—me dijo socarrón.

—Hasta que sane tu muchacho, o . . . no. (Se me había ocurrido que el mozo podría morir y que me comprometía por muchos meses.)—No, trabajaré para ti durante cuarenta días.

—Bueno. . .

—Pero con tu palabra de honor de que me alimentarás y me pagarás como lo has prometido—le exigí—o regresaré ahora mismo con el maldito gitano.

—Está bien, te doy mi palabra de honor.

Era evidente que se sentía halagado de que le exigieran dicha palabra.

—Ante un testigo—agregué. Dios sabe de dónde habría yo sacado mis ideas de protección legal, pero el panadero era lo bastante tonto como para impresionarse y con gran ceremonia detuvo a un amigo suyo en la calle, un sujeto de aspecto un tanto atolondrado que se dirigía a una vinatería, y don Dimas solicitó su testimonio.

Así que por mi propia y libre voluntad me convertí por cuarenta días en el esclavo de don Dimas.

El gitano no se molestó siquiera en buscarme y pronto supe que mi trabajo era en extremo fatigoso y rutinario. La harina se me metía en los ojos y en la nariz y estornudaba a menudo. Las paneras para meter la masa a los hornos eran pesadas y difíciles de manejar. Pero a cambio tenía un buen plato de sopa caliente y en ocasiones hasta un trozo de chorizo, y durante el día y parte de la noche el calorcillo de los hornos era muy reconfortante. Dormía en una covacha los primeros días y le agradezco a Dios que el invierno no había llegado aún porque me habría congelado.

La cabaña donde dormía era de tablillas atadas con tiras de cuero y el viento helado de las madrugadas se colaba por los intersticios, pero para esa hora yo ya estaba levantado y estábamos encendiendo los hornos. Lo que más me asustaba eran las ratas durante la noche; temía que me atacaran allí, acurrucado en la paja y tratando de taparme con trapos. Pero yo era aún muy ingenuo. Esas ratas estaban gordas de tanto roer el grano de los almacenes del panadero. Sin embargo, sus chillidos me asustaban, aunque luego supe que era su medio de comunicación. Sólo en ocasiones se suscitaban pleitos entre las ratas y los gatos y entonces sí era un infierno de gruñidos, maullidos y alaridos como si fueran mil diablos.

Pero pronto aprendí que esas batallas eran parte regular de la rutina de una panadería y pude dormir a mis anchas en medio de los combates nocturnos. Los gatos eran muchos, de todas las pintas y colores; con rayas, con manchas, negros y pardos. Don Dimas no les daba nada de comer, su idea era la misma que la de don Carmelo: que se las arreglaran solos, y bien que lo hacían cazando las ratas más viejas o las más gordas y, de paso, impidiendo que el panadero se arruinara por completo.

La mujer de éste era una mujer pálida y debilucha y lo mismo el niño enfermo que tenían por hijo. Ellos no se ocupaban de mí y rara vez me dirigían la palabra. Pero la verdad, sentía lástima por ellos y aún por el atareado y bobalicón de don Dimas. Sin embargo, no había olvidado mis planes de llegar a Madrid por mi cuenta cuando se cumplieran los cuarenta días. Pediría el abrigo prometido, guardaría los sueldos que me restaran y, tras decir adiós, emprendería el viaje.

Y llegó el día. Me dieron mi abrigo. Lo había hecho la mujer del panadero con retazos de todos los tamaños y colores que le quedaban en su cofre, pero por fortuna la mayoría de esos parches eran de lana, lo que después agradecería al cielo por el frío que encontré por el camino. Le pedí a don Dimas un viejo saco de harina para llevar en él mis hogazas de pan para el camino. Había logrado reunir siete y así partí alegremente.

El camino a Madrid se extendía sinuoso hacia el norte y pensé con ingenuidad que podría llegar a alguna población antes de anochecer, pero no fue así. Tuve que dormir en un descampado, con miedo y tiritando de frío, pero me reconfortó el pan que mordisqueaba y así, durmiendo sólo a ratos, pasé esa primera noche. Al alba reinicié el camino y al caer la tarde pude llegar a una aldea donde me enteré que Madrid estaba a cinco días de camino. No obstante, yo me sentía feliz, aunque un poco temeroso. En todo caso ponía en marcha mi empresa y era libre, al menos por esos días.

Había muy poca gente por los caminos y cuando podía me unía a la caravana de un mercader o de algún caballero. Durante el tercer día de mi viaje me arrimé a la comitiva de un joven que parecía ser poderoso. Iba montado en un brioso caballo y tiraba, a la vez, de una mula que llevaba su equipaje. Eran las horas del ocaso y acercándome a él le ofrecí cuidar de sus animales por la noche y caminar a su lado durante el día.

Se trataba de un mancebo rubio y guapo y al oírme se volteó sobre su cabalgadura y me miró con curiosidad.

—¿Cómo es posible que un moro tan andrajoso como tú hable tan buen castellano?—me preguntó.

—Soy esclavo de un gran caballero—le dije orgulloso—. Me crié en una casa aristocrática. Fue ahí donde aprendí a hablar y expresarme en el idioma castellano.

—Y con acento sevillano—agregó pensativo—. ¿Por qué te encaminas al norte? ¿Y por qué viajas solo, eres acaso un fugitivo?

—No—contesté y no agregué más, por cautela.

El caballero se ensimismó en sus pensamientos un rato y al fin dijo:

—Muy bien, puedes viajar conmigo.

Esa noche dormimos bajo las estrellas, y al día siguiente con el alba seguimos la jornada. Los animales que llevaba el caballero parecían devorar las leguas del camino, aunque los llevaba a un paso muy moderado. Al mediodía, cuando paró a descansar, compartió conmigo un poco de queso y vino, y yo a mi vez le ofrecí un trozo de pan. Esa noche llegamos a una venta y se me permitió dormir en los establos. Y así continuamos y mis esperanzas renacieron. Empecé a soñar con Madrid, con tener ropa limpia, buena comida y una casa agradable donde vivir, aunque fuera un esclavo. La libertad, y eso lo supe por el camino, ha de defenderse a cada paso y a lo largo de toda la vida; los débiles sucumben ante los fuertes.

En la cuarta noche llegamos a otra posada. Después de haber descargado la mula y haberle quitado las monturas al caballo y una vez que los había provisto de forrage y agua, el joven caballero me llamó a su lado y dijo:

—Has sido un buen muchacho y un excelente compañero de viaje—y luego con amabilidad agregó—pero debemos separarnos. No puedo entrar a Madrid en la compañía de un esclavo. Nadie me creería que no eres mío y tú careces de los papeles que prueban a quién perteneces. Yo tengo muchas deudas y acreedores. Me serías arrebatado y vendido para pagar mis deudas y eso quiero evitártelo. Aquí tienes un real; escóndelo. Adiós y muy buena suerte.

Nunca supe su nombre y jamás lo volví a ver en mi vida. Hubiera querido volver a encontrarme con él. A la mañana siguiente lo había olvidado y a todos los demás, porque pensaba sólo en mis penas.

Esa noche, mientras dormía junto al caballo del joven caballero, me cayó una pesada mano encima y me levantó brutalmente en vilo para arrojarme al suelo de nuevo. En la penumbra pude distinguir, a corta distancia, la dentadura de don Carmelo en satánica sonrisa, y mientras me golpeaba me murmuraba entre dientes apretados por la rabia:

—¿Conque te habías escapado, eh?. . .y yo rumbo a Madrid sin ti . . . Don Diego rehusó pagarme un centavo hasta que te encontrara y te llevara a su casa . . . Todo ese trabajo en balde . . . y aparte tener que buscarte y encontrarte, ¡maldito! Ahora sí irás a Madrid pero atado a la silla de mi caballo.

Llevaba un látigo de cuero y con él me azotó sin misericordia hasta que caí al suelo inconsciente.

Casi no recuerdo nada de lo que sucedió después. Me parece vislumbrar apenas el camino a Madrid; yo iba boca abajo, atado a la silla del caballo. Fue un largo martirio de tropezones y dolores. Mi ropa se pegó a la sangre seca de mis brazos y espalda, a los verdugones que me quedaron tras los azotes salvajes que me infligió el infame gitano.

Recuerdo la sed, la fiebre y el dolor. De Madrid casi no recuerdo nada salvo el hecho de que había más ruido y más gente alrededor que me miraba con lástima. Sólo recuerdo una escena más de aquel entonces. Fue al despertar. Estaba oscuro. Debo haber estado oculto en un sótano, entre bultos y leña. Todo el cuerpo me dolía y apenas podía pensar. Nada más tomé la resolución de permanecer quieto y oculto.

De pronto oí pasos y vi los resplandores de un quinqué que arrojaba luz aquí y allá. Tuve miedo de que me encontraran y tal vez ser víctima de otra paliza, pero al cabo de un rato se escuchó una voz que decía quedamente:

—Juanico, sal, por favor. El gitano que te trajo ya se ha ido.

No podía creer lo que escuchaba, pero la lámpara, y quien la sostenía, me encontró e iluminó claramente el rincón donde yo yacía.

—Pobre niño, ven a la casa, hemos de darte algo de comer y curar tus heridas. Mira cómo has quedado.

Me ayudaron a levantarme dos fuertes y amables brazos y me llevaron a una cocina de ambiente tibio, acogedor y de sabrosos olores. Primeramente me pusieron ante una mesa y me sirvieron un plato de carne cocida con cebollas y sal; nada me supo tan delicioso como ese plato de comida. Empecé a comer ávidamente, agradecido de sentirme vivo; mis pensamientos no iban más allá de mi cuchara. Pero seguía gimiendo suavemente, a causa de mis heridas.

Imperceptiblemente fui cayendo en cuenta de que había una silenciosa presencia junto a mí. Levanté la mirada de mi plato y vi a un hombre joven, con una larga cabellera negra y grandes ojos oscuros que, a su vez, me miraba con gravedad no exenta de cierto afecto. Era de estatura regular y delgado e iba ataviado con un jubón y calzas negras, pero no llevaba en su persona ni en sus manos adornos ni alhaja ninguna. Pensé que era una especie de secretario o empleado de la casa.

—Dispense usted—tartamudeé—¿El señor de la casa . . . es un hombre bueno? ¿Me azotará y maltratará? . . . ¿Qué ha de ser de mí en esta casa?

—Serás bien tratado en esta casa—me contestó gravemente—. Te cuidaremos y sanarán tus heridas. También se te dará ropa nueva y limpia y no serás azotado nunca más.

—Pero mi amo, ¿qué querrá hacer conmigo?

—Yo soy tu amo, Juanico. Yo cuidaré de ti. Aprenderás a ayudarme en mi trabajo. Serás muy útil aquí en mi casa y tus tareas no serán muy fatigosas.

Fue un discurso largo, según supe después. El amo nunca hablaba mucho.

—Aquella noche, al quitarme la ropa ensangrentada para curarme, las heridas se abrieron nuevamente y el dolor, terrible, no me dejó dormir. Pero estaba limpio y descansando sobre paja fresca cubierta con sábanas blancas, en una alcoba tibia, junto a la cocina. Y estaba a salvo.

IV

En el que aprendo mis deberes

¿Qué es lo que más recuerdo de mi juventud? Pues recuerdo al Maestro y su estudio.

En menos de una semana ya habían sanado mis heridas y me habían entregado ropa nueva y limpia. Me gustaba mi ropa nueva porque al Maestro no le gustaba vestirme como si fuera un mono con sedas relucientes y turbantes, como lo había hecho en sus ingenuas fantasías doña Emilia, mi antigua ama.

El Maestro era muy diferente. Era un hombre austero. No le interesaban las trivialidades salvo cuando eran parte de un cuadro. Me compró una chaqueta gruesa y cómoda de paño marrón oscuro y unos pantalones del mismo material que me llegaban a la rodilla.

Al ataviarme con mi ropa nueva sentí cierto disgusto al ver salir de las mangas café oscuro de mi chaquetilla mis manos, tan oscuras como el paño. Pensé que debía verme extraño con esa casaca, como si fuera una segunda piel. El Maestro me miró a cierta distancia, con esa mirada de profesional, analítica y escudriñadora.

—Entre las cosas que envió contigo mi difunta tía, venía un arete de oro—expresó casualmente, y luego de súbito agregó:—Se vería muy bien en tu oreja.

—Tal vez es el compañero del par que perteneció a mi madre—le dije—. Mi ama me dio un arete cuando me despidió, pero lo perdí en el camino. Me dijo que ella conservaría el otro.

No había duda de que el malvado gitano me había arrancado el arete mientras estaba yo inconsciente. El real que me obsequió el joven caballero había desaparecido también.

El Maestro me trajo el arete y yo lo tomé con reverencia, ya que era el último recuerdo material de mi madre. Me lo puse en la oreja y sentí un agradable consuelo al sentirlo cerca de mi mejilla. El Maestro observó el destello de oro contra mi oscura piel morena, de la que me sentía cada vez más orgulloso; también era la herencia de mi madre.

Usé muchos años ese arete en mi oreja, hasta que un día me vi obligado a venderlo en Italia, pero esa historia se la contaré más adelante.

La casa en que vivíamos en Madrid era sencilla, pero confortable y amplia. La dueña de la casa era doña Juana de Miranda y por todas partes se notaba la diligencia y eficiencia de esta pequeña y rechoncha mujer que todo lo administraba de maravilla. Tenía una cocinera y una mucama y entre ambas dividía los quehaceres de la casa. Me preguntaba yo lo que esta activa mujer requeriría de mí, pero pronto pude ver que en esa casa no tendría yo problemas. De todos modos era cuidadoso de mi persona y mis cosas y deberes; me había ganado la confianza y el aprecio de doña Juana y de la otra servidumbre y le daba gracias al cielo de que mi amo, el Maestro, era un hombre excelente y de que jamás estaría yo al servicio de personas como el malvado Carmelo.

Comía yo en la cocina con la cocinera, que muy pronto me mimaba con sus sabrosos guisos, y tenía un cuartito para mí solo cerca de la cocina. Había sido construido para el mozo de cuadra y el palafrenero, pero el Maestro no tenía necesidad de esos servicios pues andaba a pie casi siempre y la dueña de la casa alquilaba un carruaje un día a la semana para hacer sus compras y visitas.

Pero pronto supe que mis servicios no iban a ser los de un ayuda de cámara. Cierto que a menudo cepillaba las ropas del Maestro y aceitaba sus cinturones y botas, pero por lo general ésas eran faenas de la señora, doña Juana, a quien como buena esposa le gustaba cuidar y remendar la ropa de su esposo y así poder tocar sus cosas y quererlo a su manera, teniéndole su ropa limpia. El Maestro tenía otros planes para mí.

En los primeros días de mi convalescencia, me instó a descansar y sanar, pero en cuanto estuve repuesto me dijo:—Ven—y me llevó a su estudio. Era éste una habitación grande en el segundo piso de la casa. Estaba casi vacía y con un enorme ventanal hacia el norte, para que penetrara una luz pura y fría. Varias paletas grandes y resistentes se veían posadas en sillas y alguna otra en una larga mesa de madera maciza adosada a una pared. Sobre ella se veía un par de floreros grandes de los que asomaban no flores, sino docenas de pinceles de diversos gruesos y texturas. Había rollos de lienzo para los cuadros y armaduras de marcos y bastidores reclinados a ambos lados de la mesa.

En invierno el estudio del Maestro estaba congelado y durante el verano parecía un horno por el agobiante calor. Era en esa estación del año cuando proliferaban los olores, predominando los malos. Apestaba la basura de la calle, recalentada por el sol y combinada con el olor del estiércol de los caballos y el hedor casi insoportable de las tenerías cercanas. Pero el Maestro nunca notaba nada . . . ni los malos olores, ni el frío, ni el calor, ni el polvo. Lo único importante para el Maestro era la luz; de ella vivía y era el elemento que más conocía y amaba. Sólo lo veía inquieto cuando por las lluvias o la neblina la luz cambiaba, y con ella, él.

Uno por uno me fue señalando mis deberes y enseñándome a cumplirlos cabal y puntualmente. Primero aprendí a moler colores y pigmentos en el mortero, macerándolos con la mano de almirez, que había varias, así como diversas vasijas y muchos frascos con pigmentos y sustancias para la labor que me había sido encomendada. Me dediqué con gusto a esa tarea nueva e interesante para mí y el Maestro me enseñó que los pedazos de tierra y los compuestos metálicos debían ser molidos pacientemente y con pericia para que se volvieran finísimos polvos, como los que usan las damas para empolvarse las mejillas y la frente. El trabajo de molienda llevaba horas a veces, y cuando creía que ya estaba tan fino como una exquisita seda, el Maestro apretaba el material del mortero con sus dedos largos y sensibles y, callado como siempre, negaba con la cabeza, y entonces tenía yo que seguir moliendo.

Más tarde comencé a incorporar los pigmentos, ya finamente molidos, a los aceites, y esa labor también era fatigosa y exigía paciencia y pericia. Al mes de trabajar para el Maestro, pude preparar por las mañanas su paleta de pinturas para el trabajo del día. Acomodaba, en la secuencia que debía ser, los montoncillos de pinturas preparadas en un semicírculo en la parte superior de la paleta, y ya sabía yo cuáles eran las cantidades y los tonos preferidos del Maestro.

Naturalmente que los pinceles, tan variados casi como los colores, tenían que ser limpiados diariamente, con un excelente jabón de Castilla. Los pinceles del Maestro habían de estar limpios y prestos cada mañana, cuando él comenzara a trabajar; todo dependía de la luz, siempre la luz. Y algún tiempo después aprendí a tensar los lienzos en bastidores de madera. Al principio fueron telas de algodón, mientras me adiestraba en esos menesteres. Cuando ya fui experto, los lienzos eran de lino. Éste fue mi deber más difícil.

El Maestro tenía todas las herramientas para tensar los lienzos. Cuando comencé a trabajar con ellas me enseñó a afilarlas y disponerlas debidamente para su uso y conservación. Además me proveyó de suficiente madera para practicar. Cada vez que preparaba un cuadro, estirando la tela en el bastidor de madera armado a la medida dispuesta y apuntalado con cuñas y le iba clavando el lienzo alrededor, el Maestro, taciturno siempre, me iba indicando con expresiones elocuentes o palabras parcas mis errores y deficiencias. Era una labor constante; al principio erraba en la carpintería, posteriormente en los terminados. Llevaba tiempo y cuidado y tuve que aprender a base de muchos remiendos, recomienzos, algunas lágrimas y paciencia.

Me estaba haciendo hombre. En mis mocedades con doña Emilia, yo había sido un adorno, un perrito de mi ama. La abanicaba, le llevaba dulcecillos y confituras o le sostenía la sombrilla. Pero ahora me estaba haciendo un artesano, un hombre de trabajo productivo al servicio de un gran Maestro; cada día lo veía yo más claro, y estaba por ello orgulloso, y me empeñaba, también día a día, en hacer mejor mi labor.

Un día en que el Maestro trabajaba en un cuadro con una modelo que pacientemente posaba, yo estaba batallando y fracasando con la preparación de un marco y bastidor. El Maestro interrumpió de súbito su trabajo y tomando los materiales me enseñó exactamente cómo hacerlo bien y pronto. Mientras trabajaba pude notar sus largas y sensitivas manos, con las uñas en forma de almendra y negros pelillos en el dorso de sus ágiles y esbeltos dedos. Cortó y ajustó las piezas del bastidor con pericia y precisión y luego tensó el lienzo sobre el marco y lo clavó rápidamente sosteniendo algunos clavos entre los dientes. Me avergonzaba yo de ser tan torpe y quise esconder la cabeza entre mis brazos, pero el Maestro me levantó la frente y me sonrió brevemente. Pude ver sus finos dientes bajo el delgado y oscuro bigote mientras regresaba a su trabajo de nuevo.

No olvidé nunca esa lección y, recordando los pasos que había dado el Maestro, armé perfectamente un bastidor con su lienzo y desde esa fecha ya no fracasé jamás en esos menesteres. Me convertí en un buen artesano de marcos, y los elaboraba para el Maestro.

Pero ése no era el final de esa labor. Una vez estirado el lienzo en su bastidor, había que preparar la tela de manera que recibiera las pinceladas y la pintura. Se les aplicaban a las telas varias capas de los más diversos preparados que el Maestro, que los sabía de memoria, me indicaba. En mi entusiasmo por el trabajo le revelé al Maestro que yo ya sabía leer y escribir, y que escribiría sus instrucciones. Pero el Maestro dijo:—No—enfáticamente. Y agregó:—Éstos son secretos de la profesión, y debes retenerlos exclusivamente en tu memoria—. Y así fue que memoricé infinidad de fórmulas y preparados especiales para los lienzos del Maestro, y eran muy diversos y variados, según el cuadro y el tema.

Por lo general, el Maestro se levantaba a las seis de la mañana y tomaba un frugal desayuno, y durante el verano, aún más de mañana, ya estaba levantado, desayunado y pensando en su obra. Su desayuno era casi siempre el mismo, un trozo de carne asada y un pedazo de pan. En ocasiones llevaba al estudio una naranja, que consumía pensativo, mirando el cuadro de turno. Le gustaba la luz matinal, la que filtrada por el rocío o reflejándolo, era directa y sutil, sin los guiños y danzas que tenía la luz de mediodía por los reflejos del polvo y refracciones de muros. Permanecía en el estudio hasta que amainaba la luz en la tarde, pero no siempre estaba pintando. Muchas veces su labor consistía en bocetos o dibujos. Y eran muchos los bocetos y esbozos así como los dibujos más terminados. Nunca los conservaba sino que los arrojaba al cesto. Yo logré conservar algunos. Dibujaba tanto, tan perfectamente y con tan pasmosa facilidad que cuando se plantaba ante un lienzo preparado podía esbozar, con trazos firmes y clarísimos, la silueta del tema del cuadro, que rarísima vez rectificaba y, si lo hacía, era una diferencia que no pasaba del grosor del filo de un cuchillo.

A menudo el Maestro simplemente se sentaba a contemplar por largo rato las cosas y las personas: una cortina, una vasija de cobre o a mí. Cuando sentí ya más confianza en su presencia le pregunté un día:

—Maestro, ¿por qué hace usted eso: mirar fija y prolongadamente las cosas y las personas?

Me contestó:

—Juanico . . . estoy trabajando. Para mí, mirar y ver son mi trabajo, parte importantísima de él.

No contesté nada, pensando que esa respuesta críptica y para mí un tanto misteriosa era insondable. Pero una semana después, como si la conversación anterior continuara todavía, agregó:

—Cuando me paro a contemplar algo estoy sintiendo las formas, las texturas, los matices, los tonos, de manera que esa sensación de mis ojos pase a mis manos y comience a delinearse sobre papel o lienzo. Y claro, miro luces, colores y sombras. Por ejemplo, ¿ves ese trozo de brocado, Juanico? ¿De qué color es?

—Azul—contesté sin titubeos.

—No, Juanico. Sí, hay ciertamente un tinte azulado en ese género. Pero hay violeta en ese azul. Hay un asomo apenas perceptible de rosa y los tonos, en esta luz, a esta hora, arrojan un poco de rojo y sutilezas de verde. Mira de nuevo cuidadosamente.

Y resultó ser como magia. Porque de repente pude ver todos esos colores, tonos y sombras que mencionaba el Maestro.

—El ojo humano es complicado—agregó—. Mezcla los colores de antemano. El pintor debe saber separarlos y comprenderlos para aplicarlos capa a capa sobre el cuadro. Posteriormente quien ve el cuadro con sus ojos mezcla los colores y tonos.

—Yo quiero también pintar—exclamé lleno de entusiasmo.

—Yo no puedo enseñarte—contestó y cayó de nuevo en su acostumbrado mutismo y retornó a su caballete.

Medité largamente sobre esta última declaración del Maestro, y pasé noches enteras casi en vela reflexionando sobre por qué el Maestro no podía enseñarme a pintar. Llegué a la conclusión de que el sentido de sus palabras era «No te enseñaré a pintar», o «No quiero enseñarte», y estos pensamientos los guardé profundamente en mi conciencia porque me entristecían demasiado. Había comenzado a amar al Maestro, y en lo profundo de mi corazón sentía una enorme lealtad hacia él y quería ponerme sin condiciones a su servicio. Pero aquellas palabras eran como un gusanillo que me roía las entrañas.

Esos pensamientos acudían sin cesar a mi mente cuando estaba moliendo pigmentos, o estirando un lienzo en un bastidor, o colocando un objeto en cierto ángulo de luz para un cuadro en proceso. Quizá era que el Maestro simplemente no tenía tiempo y estaba demasiado ocupado. Podría ser ésa la respuesta. O, tal vez, odiaba enseñar. Entonces un buen día supe la verdadera razón de su negativa, pero no la supe de sus labios, sino por otra persona.

La vida en casa del Maestro era muy tranquila. La señora esposa del Maestro era una cuidadosa y hacendosa ama de casa, buena administradora y constantemente ocupada en quehaceres hogareños o, en sus ratos libres, dedicada a tejer sus tapices. Además era una mujer alegre que cantaba a menudo cuando durante las mañanas recorría la casa. Los hijos de ese feliz matrimonio eran dos pequeñas niñas, Francisca e Ignacia, a la que apodaban «la niña». Eran dos criaturas de hermosos ojos grandes y divertidos balbuceos infantiles.

El Maestro solía sostener sobre sus rodillas a sus dos pequeñas hijas, y las estudiaba amorosamente, siguiendo la suave curva de sus mejillas infantiles con el índice. Yo, observando estas escenas, me ofrecía a cuidar y entretener a las dos princesitas, pero rara vez pude hacerlo.

En la casa se daba por sentado que yo pertenecía al Maestro, y estaba a su servicio casi exclusivamente.

En realidad, ese arreglo me convenía y, salvo por el gusanillo de querer aprender a pintar, me sentía contento y contemplaba con tranquilidad mi futuro. Mis esperanzas estaban colmadas.

Las habitaciones de la casa eran amplias y bien ventiladas. En casi todas ellas había alfombras y en los ventanales había postigos que impedían el paso del fuerte sol en el verano y del viento helado en el invierno. Los cortinajes y los forros de las sillas eran de terciopelo rojo y, en unas cuantas, de un subido tono azul. Sobre la cabecera de cada cama había un crucifijo, y eso incluía mi cama, y en todas las recámaras había braseros para los implacables fríos del invierno madrileño. El calorcillo que daban era a veces insuficiente, pero duraban largo rato las rojas y brillantes brasas encendidas y eso reconfortaba en las heladas noches invernales. No había cuadros del Maestro en las paredes. En su lugar había tapices o cortinajes. Toda la obra del Maestro se conservaba en el estudio.

Un día mi ama me llamó para que la ayudara a poner en orden un gran bargueño de madera labrada que tenía al pie de su cama y en el que yo suponía que guardaba sábanas, colchas y cobertores para el invierno. Pero en el momento en que levantó la tapa apareció ante mi vista un verdadero arcoiris de sedas que habían sido amontonadas en desorden en el interior del cofre.

—Ayúdame a poner estas telas en orden, Juanico— me instruyó—. Después las colocaremos con las sedas más ligeras y de colores más claros arriba, y las más densas y oscuras debajo. Tu amo conservará este cofre en su estudio y tú debes mirar que estos géneros siempre estén disponibles y en orden para cuando el Maestro necesite de cierto color como fondo, o para que atrapen la luz. Vas a estar muy ocupado ayudándolo, ya que él va a aceptar a algunos aprendices.

—Yo creía que al Maestro no le gustaba tener aprendices en su estudio—dije titubeando.

—La corte del rey se lo ha pedido—contestó—. Tu amo está obligado por diversos compromisos con muchos personajes de la corte y no puede rehusar. Además, tiene muchos encargos de trabajo de la Iglesia y materialmente no puede cumplirlos todos. Requerirá ayuda, para los fondos de los cuadros y cosas así, y quizás tendrá que hacer él mismo copias de algunos de sus cuadros.

—¡Quisiera yo también aprender a pintar!—exclamé precipitado, olvidando que me había prometido a mí mismo no mencionar el asunto otra vez.

—Yo también lo quisiera—me dijo mi ama—, pero existe una ley en España que prohibe a los esclavos practicar las artes. Artesanías y habilidades manuales, sí, mas no las bellas artes. Pero no te aflijas, Juanico. Retrocede ahora y no dejes que tus lágrimas caigan sobre este tafetán, lo notarían de inmediato. Sé que amas los colores. Podrás ayudarme a escoger las telas para mis labores de bordado y le pediré al Maestro que tú seas el único encargado de este bargueño.

Recordé que mi ama había sido hija de un gran pintor antes de llegar a ser la esposa de otro grande del arte, y confié en su palabra.

Así supe por qué no se me enseñaba a pintar, y temí que mi particular visión de la vida nunca sería transferida a las telas y cuadros. Me entristecí por ello, pero no sentí resentimientos en ese momento por ser esclavo. Dios sabía que era feliz con mi amo y ama. Me sentía útil y apreciado. Y ¿la libertad? Ya la había probado por breve tiempo en el camino y había sido cruel conmigo, un niño de raza negra. Me tragué mi desilusión y comencé a arrastrar el pesado cofre por el piso de la casa hacia el estudio y me consoló la idea de que el Maestro no me había negado sus enseñanzas por voluntad suya, sino porque la ley se lo prohibía.

Ese mismo día empezamos a disponer las habitaciones de los aprendices. Se llamó a un carpintero para que instalara un tabique de madera en donde había estado la entrada a unos establos en el patio trasero de la casa. Era un hombre singularmente alegre, que cantaba mientras efectuaba su trabajo cortando madera y ajustando y cepillando tablas. En pocos días quedaron terminados dos cuartos pequeños pero cómodos, con un camastro de un lado y del otro un cofre con su cerradura para que los aprendices guardaran sus posesiones.

A mí me hubiera gustado tener también un cofre con cerradura, pero nunca me dieron ninguno y supuse que ése era un gaje más de la vida de esclavo, así que aparté ese pensamiento de mi mente y me puse a trabajar.

Los aprendices, por supuesto, eran muchachos de raza blanca y «libres», pero estaban bajo un régimen estricto de obediencia al Maestro y en muchos sentidos yo gozaba de más «libertad» que ellos, pues al fin y al cabo yo era parte de la casa. Tenía su plena confianza, lo que se me revelaba cada día de muchas pequeñas maneras. Los aprendices se sujetaban a una rígida formalidad y todos lo llamábamos Maestro, que indicaba mentor, autoridad y jefe.

Uno de los aprendices era apenas unos años mayor que yo; tendría dieciséis años. Era de cara redonda, carrillos encarnados y ojos azules y mostraba una candorosa sonrisa. Se llamaba Cristóbal y era hijo de un tallador de imágenes religiosas. Al principio todos pensamos que Cristóbal era un muchacho simple, pero resultó ser un intrigante y pleitista redomado, y ya se entendía por qué su padre no lo había tomado como aprendiz suyo para continuar con la tradición de su familia.

Cristóbal era un mentiroso y un ladrón. Solía robar cosas y luego echarme la culpa a mí. El Maestro le tendió una celada, lo cogió con «las manos en la masa» y le advirtió que, en caso de reincidir, lo enviaría a su casa, donde sin duda recibiría una feroz tunda. Con esto se calmó un tanto en sus robos y me dejó en paz, pero no cesaba de molestarme con zancadillas o golpes cuando se le presentaba la ocasión.

En una ocasión, Cristóbal hurtó un trozo de seda azul del Maestro y llegué a abrigar la esperanza de que sería expulsado de la casa, pero no fue así. Sólo se le reprendió y se le envió a la cama sin cenar. El Maestro nunca ejercía violencia alguna contra nadie. Creo que retenía a Cristóbal porque, la verdad sea dicha, era notable su talento para el dibujo. Realizaba bocetos y esbozos con gran soltura y presteza. Captaba el vuelo de un pájaro o el salto de un gato con sorprendente habilidad y con gran economía de líneas, y podía trazar un rostro de tal parecido al original que sorprendía en alguien de tan tiernos años.

Una vez, después de la cena, escuché al Maestro y a mi ama en una animada conversación acerca de los aprendices. Era sobremesa y mi amo bebía su vino de color rubí y comía unas pasas.

—Envíalo a su casa—decía mi ama—. No me agrada, ni le tengo confianza y me temo que le haga daño a alguna de las niñas.

—No creo que se atreva a nada grave—dijo el Maestro—. Además, es cobarde; las pequeñas lo señalarían y quedaría en evidencia.

—Pues a mí no me agrada.

—Ni a mí. Pero tiene un notable talento.

—Y, ¿qué hay del otro, de Álvaro?

—Buen muchacho, trabajador y educado. Pero jamás será pintor. Un buen copista, quizá.

Álvaro era hijo de un escribano de la corte. Era delgado, pequeño y tartamudo. Además tenía el estómago delicado.

Álvaro me era simpático, pero yo tenía que prestarle mayor atención a Cristóbal, y así tenía que ser, para proteger mi persona, mi ropa y los bienes que el Maestro había puesto bajo mi custodia.

Cuando el Maestro tenía encargos para pintar retratos, lo que en ciertas temporadas era muy común, yo tenía que estar cerca para disponer muebles, cortinajes y elementos de fondo o sillones para quien había de ser sujeto del retrato. Indispensables eran también los bloques para bocetos, que consistían en papel de esbozo, firmemente extendido sobre una tablilla de madera, y para los trazos se requerían muchos tizoncillos de carbón bien quemado pero firme en su textura. Yo los fabricaba en el patio trasero de la casa preparando un hornillo de ladrillos totalmente cerrado salvo por un pequeño agujero y en el horno chamuscaba ramitas de olivo a fuego lento hasta que estaban completamente carbonizadas.

Casi todo el día tenía yo que ajustar las ventanas para mantener la entrada de la luz, de manera que resaltara sobre la casaca de un caballero o los pliegues de la falda de una dama. Era un trabajo delicado y debía estar muy atento.

El Maestro era curiosamente puntilloso en estos menesteres, pero cuando la obra se iniciaba bien sabía lo extraño y raro que se tornaba con su trabajo. Siempre tenía una opaca cortina con la que cubría la obra en proceso y jamás permitía que el modelo viera el cuadro hasta que estuviera totalmente concluido. Es más, nadie podía contemplar un cuadro en preparación, ni yo ni mi ama, nadie más que el Maestro. Y podían pasar varios días así y el Maestro en ocasiones sólo miraba, pensaba y, si acaso, trazaba una o dos líneas.

Pero cuando ya tenía decidido cada detalle, concebida la composición y resueltos los colores, tonos y matices, tomaba los pinceles y trabajaba rápidamente.

El Maestro tomaba el pincel como a cuatro pulgadas de donde nacían las cerdas y su paleta de colores era una tabla, no muy gruesa, en la forma de un riñón, que estaba siempre preparada con un semicírculo de montoncitos de colores dispuestos siempre en el mismo orden. Cerca del orificio donde colocaba el pulgar izquierdo, estaban los colores que en secuencia ordenada iban esparciéndose en la paleta, desde los fríos azules hasta los cálidos rojos y, al extremo, un montoncillo mayor de blanco. Cuando el Maestro estaba concentrado en su trabajo, ni siquiera miraba la paleta ni las mezclas que con las pastas hacía maquinalmente. Enviaba el pincel como una lanza hacia el tono que quería, lo mezclaba sin errar, le daba el matiz requerido y de inmediato lo aplicaba en la tela. Lo vi hacer esto una y otra vez, repitiendo un matiz sin pestañear, y siempre era perfecto.

En cuanto a su mano maestra en la pincelada, era asombrosa. En ocasiones parecían embadurnadas sin sentido, toscas e ininteligibles. Eso era si estaba uno cerca del lienzo como él, pero a cierta distancia esos trazos gruesos y aparentemente erráticos, esas manchas de sombra o de luz, se resolvían en las delicadas filigranas de un brocado, o en el encaje de la gola de una dama, o incluso en chispazos, apenas perceptibles, del brillo de una mesa. Todo esto era magia para mí. El Maestro nunca comentó mi asombro, pero en ocasiones, viéndome admirar su obra, aparecía una ligera sonrisa bajo el delgado y sedoso bigote del pintor.

Además, nunca conversaba cuando trabajaba. Era el modelo quien lo hacía, y el Maestro contestaba con monosílabos o asentía mientras murmuraba un «Ah». Rara vez expresaba un «puede ser». Pero estudiaba cuidadosamente a las personas. Una vez, cuando la persona que iba a ser retratada ya se había retirado, me dijo:

—Me gusta observar a las personas cuando hablan de sí mismas, Juanico. Ahí se revelan claramente. Las mujeres, por ejemplo, se aman a sí mismas. Hablan de sí mismas como si estuvieran hablando de un amado pariente al que se ha de perdonar toda tontería.

Los hombres, por otra parte, parece que se admiran a sí mismos. Hablan de sí como jueces que ya han llegado al veredicto de "inocente".

Me aventuré a decir:

—Y ¿no es difícil mostrar a las personas como en realidad son, cuando se les pinta, Maestro?

—No. Nadie sabe en realidad cómo luce realmente. Tráeme un poco más de ocre.

Y cayó en su acostumbrado silencio.

En ocasiones, me ponía a mí como modelo y me pintaba, para no «perder la mano», como decía, o me utilizaba de modelo para un tejido o tela de particular dificultad.

Después que les había enseñado a los aprendices a dibujar y a pintar las llamadas «naturalezas muertas», tales como vasijas, frutas, quesos y otros objetos diversos, los inició en los misterios de esbozar a seres humanos. Y yo fui escogido como modelo muchas veces. Fue entonces cuando pude vengarme de Cristóbal y ayudar a Álvaro. Me retiraba sutilmente de la luz, o cambiaba imperceptiblemente mi ángulo de presencia para arruinar el trazo de Cristóbal, y cuando Álvaro me observaba fijamente, permanecía perfectamente inmóvil. El Maestro me regañaba por ello y me vigilaba, pero aún así lo lograba a menudo. Lamentaba cuando el Maestro criticaba la labor de Álvaro y elogiaba la de Cristóbal, y un día, al notar mi desazón, el Maestro me dio sus razones:

—El arte debe ser verdad—me dijo—. Es precisamente lo único que en la vida ha de asentarse: la pura verdad. De no ser así, no vale la pena.

Un día alguien llamó a la puerta de la calle y mi ama entró al estudio pálida de emoción y, tras de ella, con pausados pasos, venía un mensajero del Rey. Le entregó un pergamino al Maestro y se retiró.

Mi ama corrió agitada delante del mensajero para abrirle la puerta y despedirlo. Los aprendices y yo permanecimos en silencio mientras el Maestro desenrrollaba el pergamino y lo leía. Después de leerlo, enrolló el pergamino, tomó su paleta y continuó trabajando, en medio del silencio general. Recuerdo que pintaba en ese momento una vasija de bronce y yo tenía que hacerla girar constantemente para que el haz de luz que la iluminaba siguiera en el mismo sitio a lo largo de varias horas.

—Diego—exclamó ansiosa mi ama—. Dime, por favor, ¡no me tengas en esta incertidumbre! ¿Cuál es el mensaje del Rey?

—He de pintar su retrato—contestó por fin, frunciendo el entrecejo.

—¡Dios mío! ¡Qué maravilla!

—Se me ha de proporcionar un estudio en el palacio.

Mi ama se desplomó sobre un sillón, que crujió abominablemente, y se abanicó. De su peinado se escaparon algunos negros rizos y suspiró hondamente. Todo aquello significaba que podría moverse en los círculos de la corte. Con ello vendrían fortuna, honores, dignidad y posición, más allá de lo que ella jamás había soñado.

Pero el Maestro permaneció en silencio y pálido, y siguió pintando la vasija. Por fin murmuró entre dientes, y apenas pude escucharlo decir:

—Espero que no hayan enviado a un cortesano inoportuno a seleccionar el sitio para mi estudio. Ha de tener luz . . . luz: ninguna otra cosa importa . . .

lanzas sobre nuestras cabezas apenas entrábamos. Luego caminábamos por los largos y silenciosos corredores que siempre estaban fríos a pesar de estar adornados con tapices y estandartes que revestían las paredes. Subíamos por una amplia escalinata y recorríamos otras arquerías hasta llegar a «nuestro» estudio, a la puerta del cual estaba siempre un guardia con la librea del Rey. El Maestro estaba al servicio de la Corona de España.

Sin embargo, pasaron varias semanas antes de que pudiéramos ver a su Alteza Real. A quien veíamos a menudo era al impetuoso y altanero Conde-duque de Olivares, que entraba estentóreamente en el estudio del Maestro cada vez que se encontraba en Madrid por asuntos de estado. Era obeso y de tez oscura, y sudaba lo que parecía ser un sudor grasiento; su cabellera negra rara vez estaba peinada, y su voluminosa barriga reventaba siempre los pocos botones que vanamente intentaban retenerla. El Conde-duque era vulgar, pensaba yo, y mi instinto me decía que desconfiara de él, pues a pesar de sus joviales risotadas y constantes sonrisas, sus ojos oscuros eran mezquinos y miraban con desprecio y arrogancia. Pero yo le perdonaba todo porque él sinceramente admiraba y apreciaba al Maestro y constantemente proclamaba que toda Europa pronto exaltaría el nombre de Velázquez, el más grande pintor de todos.

Recuerdo bien el día en que Su Majestad el Rey apareció en el estudio para posar por vez primera ante el Maestro, que había de pintar su retrato. Era el otoño y la luz solar que penetraba en el estudio era de tinte dorado pálido y llevaba mucha frescura con ella. Primero se presentaron dos pajes que anunciaban la llegada del Rey sonando trompetas y en seguida dos pajes más que portaban estandartes, y entonces llegó el Rey. La mayoría de los presentes hincamos ambas rodillas en tierra, pero me dio gusto que el Maestro sólo hincó una, y con la mano puesta sobre el corazón hizo un discreto homenaje al monarca.

El Rey era de elevada estatura y muy pálido, con la tez de un tono rosado y blanco y el cabello de un rubio parecido al del encaje dorado. El cabello era ligero y delgado, escrupulosamente limpio, y saltaba sobre su cabeza a cada paso. Los hombros del Rey eran anchos pero sus piernas eran delgadas y largas envueltas en medias negras de seda. El rostro del monarca era huesudo y tenía un semblante triste. La sonrisa que envió al maestro era tímida, y más bien parecía pedir el ser aceptado que imponer ninguna orden. Era evidente para mí, que el Rey, a pesar de su lujoso atuendo, a pesar del cortejo que lo acompañaba, del boato y los pajes, las trompetas y los estandartes y toda la gente arrodillada ante él, era una persona solitaria que buscaba amigos y aceptación. Pobre Rey solitario, pensé, si busca la amistad del Maestro no la hallará fácilmente. El Maestro es muy bondadoso y amable, pero es taciturno y no conversará casi, pues no piensa sino en su arte, la pintura.

Pero el silencioso y amable trato de pocas, poquísimas palabras que le dio el Maestro al Rey pareció ser muy del agrado del monarca, quien empezó a venir con mucha frecuencia al estudio y parecía gozar en ello. Sin duda que escapaba de las conversaciones frívolas de sus cortesanos y desconfiaba de los elogios ponzoñosos de sus consejeros.

El primer retrato que el Maestro hizo de Su Majestad fue un estudio de la cabeza del monarca. Se apreciaban bien las facciones un tanto rugosas del Rey en un escorzo de un tercio, pero los ojos azules, suspicaces y ansiosos del ilustre modelo miraban directamente al pintor. La boca, colocada encima de una mandíbula saliente, se veía firme y cerrada, y los labios tensos sin asomo de sonrisa. Aún en ese primer retrato estudio, se podía advertir la maestría del pintor, pues ilustraba la cara de un hombre desconfiado pero tierno y esperanzado.

Las horas en que el monarca posaba para el Maestro eran muy extrañas. El estudio siempre quedaba vacío en cuanto llegaba el Rey; sólo yo permanecía para proveer al maestro de tizones nuevos o colores suplementarios. Desde el principio el Rey de España dio órdenes de que no le debíamos hacer reverencias sino a su llegada, y el Maestro, por lo general, tras de una ligera inclinación de cabeza se limitaba a permanecer quieto, estudiando y mirando con gran percepción. En ocasiones trabajaba con gran intensidad. En el estudio reinaba el más absoluto silencio y yo me movía por él de la manera más discreta posible, sin hacer ruido alguno. En una ocasión sentí que me venía un estornudo y traté de reprimirlo lo más que pude pero al fin, no pude más y estornudé con gran estruendo, rompiendo la calma reinante, y sentí que había cometido un crimen. El Maestro, impasible, siguió trabajando y ni siquiera me miró, pero el Rey sí rompió la pose y sin mirarme a mí, por una misteriosa asociación de ideas, sacó un fino pañuelo de encaje de su manga izquierda y se lo llevó a la nariz para sonarse discretamente.

A veces, el Maestro arreglaba sus horas antes del mediodía para tener algún tiempo libre. Entonces me pedía que lo acompañara a los pisos superiores del palacio real para poder observar el horizonte lejano que se extendía ante nuestra vista.—El horizonte es como un remedio para mis ojos—dijo—, que siempre miran los objetos de cerca; esas montañas lejanas me dan reposo. Y me gusta estudiar la luz.

Cuando ya estaba listo para regresar al estudio, el Maestro casi siempre echaba un vistazo final y luego posaba sus ojos en mí. Podía yo advertir cómo enfocaba de manera muy distinta. Tenía el Maestro los ojos oscuros y profundos y era casi imposible saber lo que estaba pensando en el momento. Además, había disciplinado su rostro plenamente y lo controlaba de manera que pareciera siempre impasible. Se ha dicho que los españoles son apasionados y excitables a la vez que impetuosos, pero eso es mentira en muchos casos. El Maestro era definitivamente un hombre dueño de sí mismo, casi imperturbable e impertérrito, tan desapasionado como uno de sus retratos, con un rostro impenetrable que denotaba una gran serenidad y fuerza interior.

Y así transcurrían los días, y excepto por la hora de la comida del Maestro, que pasaba con su familia, yo estaba siempre con él. Yo tomaba mis alimentos con el cocinero real, puesto que ahora los aprendices también eran atendidos en el palacio. En ocasiones, el Maestro era convocado para algún banquete real o función de la corte, por órdenes de su Majestad el Rey, y como era natural, no rehusaba jamás estas invitaciones, pero yo presentía su impaciencia, jamás expresada, pero visible para mí cuando me daba los pinceles para limpiarlos, o en la renuencia sutil al entregarme la paleta de colores. Suspiraba, pero cumplía obediente y silencioso.

La única persona que lo perturbaba en su aparentemente eterna calma y lo obligaba a morderse el labio suavemente era el agresivo y pretensioso Conde-duque de Olivares, que interrumpía cualquier quieta conversación o silenciosa sesión de pose y bosquejo y lo hacía con la misma gracia que tendría un elefante que bruscamente pisara sobre un jardín de rosas, en la creencia de que el aprecio a su persona era tal que todo le había de ser perdonado.

Los inviernos en el estudio eran crudos. El Maestro no permitía que se instalara ningún tipo de calefacción y a menudo yo me preguntaba cómo era posible que continuara trabajando con las manos tan heladas. Los aprendices usaban guantes con los extremos de los dedos cortados. Mi ama en casa llevaba siempre colgado al cuello un manguito que utilizaba para calentar sus manos, que introducía en la prenda tan frecuentemente como podía. En cuanto a mí, después de un largo día de trabajo, le pedía al cocinero una vasija con agua caliente en la que remojaba a mi gusto mis manos tiesas y congeladas hasta que podía moverlas otra vez.

Pero de noche sí había forma de estar cómodos y calentitos. Mi ama nos proveía de mantas de lana, y para la cena ella y el Maestro se sentaban a una mesa que cubría un largo mantel de fieltro dentro del cual se calentaban piernas y pies al calor de un brasero con refulgentes tizones de carbón. Las dos niñas pasaban largos ratos en cama y sólo se les permitía retozar un poco si el sol brillaba, aunque fuera sol invernal.

Con las semanas y los meses el frío iba cediendo poco a poco y los vientos de la montaña soplaban menos, las piedras grises del palacio ya no ostentaban escarcha en las fachadas y se presentaba la primavera con lluvias, charcos de lodo y algunas tímidas flores. Ah, pero amábamos ese tiempo. Las voces eran más altisonantes tras la gravedad y el silencio invernal, los mercaderes de las calles gritaban anunciando su mercancía, y había que estar atento en las calles lodosas por el paso acelerado de carros y caballos briosos y jadeantes. El Maestro iba desenrollando las bufandas que rodeaban su cuello y se iba despojando de los pesados ropajes que en invierno le daban una falsa apariencia de corpulencia.

Llegado el verano, el calor pesado y opresivo de Castilla nos caía como plomo derretido desde un cielo sin nubes, y la moda, en especial entre las damas, era resoplar y abanicarse constantemente con el rostro de mártir y la queja a flor de labio. Pero no en nuestra casa; nosotros éramos sevillanos y teníamos gran afecto por el sol cálido. El Maestro trabajaba en esa temporada ataviado con una blanca camisa de algodón, arremangada hasta el codo, y solía hacer grandes movimientos circulares con sus pinceles. En verano el Maestro pintaba de manera prodigiosa.

Y así los años comenzaron a desfilar y fui creciendo. Llegó la hora en que tuve que afeitarme. El Maestro me obsequió una excelente navaja de barbero con hoja toledana, igual a la que él mismo usaba. Mi voz se volvió más profunda y hasta un poco retumbante. Al Maestro le agradaba el escuchar mis cantos al dirigirme al trabajo.

Recuerdo bien un día del año 1628. Su Majestad llegó al estudio precedido por pajes y trompeteros. Venía vestido con un traje de terciopelo azul con una amplia gola de encaje blanco. No había sido tan formal en otras ocasiones. El Maestro presintió que le iba a comunicar alguna nueva de gran ceremonia y para escucharla hincó una rodilla en tierra tras de dejar a un lado sus pinceles y paleta.

El monarca español lo instó a levantarse, posando una blanca mano delicadamente sobre el hombro del gran pintor, que vestía una casaca negra.

—El gran maestro Rubens, protegido del Regente de los Países Bajos, habrá de venir a visitar la corte—dijo en su característica voz queda, ligeramente tartamuda y siseante—. Vendrá con un gran cortejo de sirvientes y esclavos y ya les he asignado habitaciones en el palacio. Se dice que Rubens es el mejor pintor de Europa. Me agradaría que vos, don Diego, fuerais su guía y mentor durante su estancia en Madrid.

—Será un honor para mí—contestó el Maestro.

Y el Rey continuó:

—Ofreceré una gran recepción y un banquete la primera noche de Rubens en Madrid, y en seguida habrá un gran baile en los salones del palacio real. Confío en que la señora de Velázquez estará bien de salud para poder asistir.

Dichas estas palabras, el monarca se disponía a salir del estudio y los trompeteros se llevaban sus instrumentos a los labios cuando el rey volvió y posando su enjoyada mano en el hombro del pintor dijo:

—Yo no veo cómo él puede ser mejor pintor que vos, Diego. No creo que lo sea. Pero le daremos el recibimiento que él espera.

—Me agradará aprender de él—contestó el Maestro.

Yo concluí que mi Maestro era simplemente cortés, como era natural en él, pero una vez más aprendí algo del hombre a quien yo pertenecía. Le asignaba a su arte el rango más alto y el mayor respeto. Jamás daba nada por hecho o por sentado. A lo largo de toda la vida, el Maestro siempre quiso aprender más, para poder servirlo mejor.

Al día siguiente, después del primer gran banquete y recepción en el palacio, Rubens visitó al Maestro en su estudio. Era un hombre corpulento, florido, no mal parecido, de hombros anchos y cintura abultada, de pelo rojizo ensortijado y de barba y bigote rubios. Una vez hechas las presentaciones formales y de haber efectuado las reverencias de estilo y expresado elogios y cumplidos, me pusieron a trabajar intensamente, trayendo pinceles nuevos y lienzos recién preparados para que Rubens pudiera demostrar su técnica en la pintura de cabelleras, tejidos y texturas de cortinajes y tapices, y en especial su peculiar técnica para lograr los rozagantes tonos de piel que lo habían hecho famoso.

Los dos maestros se comunicaban con facilidad. Rubens hablaba flúidamente el castellano, aunque tenía un acento muy marcado.

—¿Podría usted proporcionarnos una modelo desnuda, una mujer?—preguntó Rubens con naturalidad—. Podría entonces darle una ilustración exacta de mis métodos.

El Maestro retrocedió ante esta petición. La corte española era de ideas puritanas, y el Maestro no había utilizado jamás una modelo desnuda.

—Me temo que eso no será posible—explicó el Maestro—. Su Majestad es muy delicado en esa materia. Podríamos visitar el estudio de un imaginero al que conozco y quien a veces tiene como modelos a muchachos jóvenes semidesnudos. Mucho me temo que nuestra gente, quemada por el sol, no ha de desplegar esa carne de porcelana y tinte rosáceo que aparece en sus lienzos—, expresó con cierta desaprobación el pintor español.

—Quienes me patrocinan en Flandes me han hablado mucho de los imagineros religiosos españoles, y sus talentosos trabajos—contestó con entusiasmo Rubens—. Me encantaría poder observar a alguno trabajando.

Fue el Conde-duque de Olivares quien dispuso lo necesario a fin de que los dos grandes pintores pudieran asistir al taller de Gil Medina, quien tenía a su servicio a varios aprendices que laboraban en madera y en piedra. Yo pude asistir también, cargando con el cuaderno de bocetos del Maestro.

Debido al carácter religioso de su obra, se había apartado para el maestro Medina un amplio patio de un convento. Era un lugar espléndido para trabajar, en especial porque muchas de las imágenes eran de gran tamaño y no habrían cabido aún en los más grandes salones del palacio real.

El Conde-duque de Olivares iba por delante con su pomposa manera de andar y arrojando con arrogancia su enorme sombrero con unas plumas verdes hacia la espalda, de manera que pareciera, según él, una figura más gallarda y prepotente. Junto a él, se acercó a nosotros un hombrecillo con aspecto de zorra, pequeñín, casi de mi estatura, y obsequió a los dos pintores con una profunda reverencia.

Al hacer las presentaciones, el Conde-duque dijo:

—Éste es nuestro gran escultor, cristiano devoto y el más grande tallador de madera de Europa. Don Gil, he aquí al gran Pedro Pablo Rubens, pintor del Regente de los Países Bajos, y a nuestro gran pintor don Diego Rodríguez de Silva y Velázquez.

El imaginero, juntando sus rugosas manos en un ademán de cortesía, expresó:

—¿Cómo puedo servir a Vuestras Excelencias?

Rubens contestó:

—Me gustaría ver sus trabajos. Pero no se moleste. Yo caminaré por ahí y observaré a mi gusto.

—Están en su casa—contestó Don Gil, en el estilo español de la época.

Yo permanecí a distancia observando a los aprendices mientras el Maestro y Rubens se internaban entre los caballetes y estatuas. La mayoría de los aprendices eran niños que no pasaban de los seis años de edad. Aprendían a tallar la madera, sobre líneas ya trazadas de antemano en trozos o tablones de suave consistencia. Los mayores, con más habilidades, estaban sentados ante mesas en que labraban diseños de mayor envergadura. Había algunas mesas sobre las cuales aparecían, trazados en grueso papel, dibujos a escala. Reclinados contra las paredes había muchas imágenes de santos y de Nuestra Señora, ataviados con largas túnicas o mantos, ángeles en diversas actitudes, ya devotos o emprendiendo el vuelo con sus grandes alas plumíferas, y crucifijos de diversos tamaños y estilos.

Los ángeles, junto con algunas imágenes de San Sebastián y de otro santo que no pude identificar, eran las únicas figuras que aparecían casi desnudas, salvo por los indispensables taparrabos. Vi a Rubens acercarse a esas figuras y examinarlas cuidadosamente, corriendo los dedos sobre el labrado de las piezas, y apartándose para poder apreciar sus perfectas proporciones. No pude escuchar todas sus palabras pero al contestarle el Conde-duque de Olivares, con su voz estentórea, entonces sí pude captar lo que se decía; esa voz podía captarse en medio de una batalla.

—Pues la verdad es que a menudo le envío al maestro Medina a algún sentenciado a muerte o a galeras, para que pueda trabajar directamente con modelos vivos y desnudos. Nuestra gente común es, por lo general, muy orgullosa para posar al desnudo, Pero si un hombre ha sido condenado a galeras, acepta hacerlo para reducir en algo su sentencia y hago arreglos para que sea crucificado por unas horas para que el maestro Medina pueda tener un modelo real, de carne y hueso. Claro que no lo clavamos a la cruz, con sólo sostenerlo en ella atado, el suplicio los obliga a hacer expresiones de dramática agonía, y el maestro Medina las reproduce fielmente.

Yo, Juan de Pareja, escuché estas palabras con mis propios oídos y mi corazón dio un vuelco de repugnancia ante la crueldad de los humanos pero Rubens sólo dijo:

—Bueno, los ladrones que acompañaban a Cristo tampoco fueron clavados en sus cruces, sino sólo suspendidos con correas de cuero.

—En efecto—contestó Medina.

—Comprendo perfectamente cómo obtiene Ud. las expresiones del Cristo crucificado pero aún vivo—continuó Rubens—, pero ¿cómo obtiene la inspiración y los modelos para el Cristo muerto?—dijo señalando a un enorme crucifijo de tamaño mayor que el de un hombre normal que colgaba de la cruz con la pronunciada resignación de los muertos.

Olivares prorrumpió en una de sus estentóreas carcajadas al oír esto, y acercándose al Maestro y a Rubens les susurró algo al oído que yo no pude escuchar. Les hizo entonces una seña y los condujo hacia otro corredor, y a otro patio, tras de cruzar una puerta que había al final del mismo. Yo los seguí, porque tenía órdenes del Maestro de mantenerme cerca de él, ya que cargaba su libreta de apuntes y un bolso con pañuelos y dinero, pues un caballero jamás solía llevar consigo monedas. Además llevaba carbones y lápices para sus apuntes. Pero el maestro Medina me detuvo. La puerta se cerró detrás del Maestro y de Rubens.

—Quédate aquí—me dijo el maestro Medina—. Ellos regresarán pronto.

Y en seguida volvió a su trabajo de tallado en la cara de un ángel. Yo me escurrí avergonzado, pero antes de que el Maestro retornara se me acercó uno de los aprendices y me dijo en voz baja:

—Trajeron a un agonizante hoy por la mañana y el maestro Medina lo colocó en la cruz, donde murió. Todos pasamos a estudiarlo y hacer bocetos. El Conde-duque se ocupó de que así fuera.

Yo sentí un miedo abrumador.

El pequeño aprendiz, al observarme, me dijo socarrón:

—Habría muerto de todos modos. Estaba condenado al suplicio y a morir. De manera que aquí le sacamos provecho.

En esos momentos retornaban el Maestro y sus acompañantes del patio interior. La cara del Maestro era inexpresiva y yo no podía preguntar sobre lo que se me había revelado. Me pregunté si algún día sabría toda la verdad en torno a todo aquello. Quizá el aprendiz había mentido para disfrutar con mi expresión de horror. A menudo a ciertos jóvenes les gustaba burlarse de mí así, pues yo era un esclavo y no tenía defensa contra ellos. Para ser justo, yo no les habría reñido, aún siendo hombre libre. Habría huido de ellos y muy lejos. Siempre he odiado la crueldad.

Regresamos al palacio real, y el Maestro me despidió y me ordenó regresar a casa y descansar. Yacía en mi camastro tratando de dormir, pero seguía viendo, en una procesión de visiones, la cara de Gil Medina con sus crueles ojos, la imagen agónica del crucificado y los rostros crueles y codiciosos de los aprendices.

Esa noche había en el palacio otro banquete y yo debía estar presente para atender a mi Maestro, de manera que en cuanto el sol traspuso el horizonte me levanté, me aseé y vestí mis mejores ropas. El Maestro aparecía en esos momentos en la puerta de su recámara, vestido como de costumbre de severo color negro. Esa noche su traje era de pesado brocado con relucientes botones de azabache cincelado. Llevaba una gran gola de finísimo lino, casi transparente, alrededor del cuello. Peinaba sus cabellos largos hacia atrás desde la frente y caían sobre sus hombros en suaves ondas. No usaba joyas de ninguna clase.

—Bueno, Juanico, ven conmigo. Veremos lo que han hecho los aprendices antes de regresar a casa por el ama. Ella no se siente bien pero insiste en asistir al banquete. No olvides de llevar contigo las sales y un abanico.

Llegamos al sitio donde estaba la labor de sus aprendices, y el Maestro estudió cuidadosamente los cuadros. Luego tomó un pincel y trazó una aniquiladora pincelada roja sobre el cuadro de Cristóbal, y se mantuvo en silencio (lo cual era un elogio) ante el cuadro de Álvaro. Se les había asignado pintar un bodegón, consistente en un trozo de queso, vino tinto en una copa y un mendrugo grande de pan. El cuadro de Cristóbal era en verdad bello; el vino brillaba a través de la copa de cristal, el queso se veía dorado y cremoso y el pan estaba en penumbra. El de Álvaro era impactante. El queso se veía cubierto de una verde capa de moho, como era en efecto, y había agregado una cucaracha.

—¡Qué falta de imaginación de Álvaro!—comentó sonriendo el Maestro—. ¿Había una cucaracha en ese cuadro?

—Sí, Maestro.

¡Qué tontería!—pensé yo. Debió haberla ahuyentado, no pintado.

Cristóbal estaba furioso.

—Me gustaría preguntar, con todo respeto—dijo en el más irrespetuoso de los tonos—¿por qué ha sido destruido mi cuadro?

—Para enseñarte a no embellecer. Es una de las grandes tentaciones en un pintor.

Cristóbal trataba de guardar silencio, pero no se pudo contener. Miró al Maestro con rebeldía en sus ojos relucientes. Por fin dijo exasperado:

—Yo creí que el Arte debe ser Belleza.

—No, Cristóbal. El Arte debe ser Verdad; y la Verdad sin adornos es Belleza. Sin sensiblerías. Debes aprender eso, Cristóbal.

El muchacho se sentía humillado y herido en su vanidad. Era evidente que amaba su cuadro y había esperado que se le elogiara. Álvaro, por otra parte, estaba asombrado frente a su caballete.

—Álvaro fue honesto y su cuadro está lleno de verdad. Díganse a sí mismos: Prefiero pintar exactamente lo que veo, aunque sea feo, de manera perfecta, que pintar de manera mediocre algo superficialmente hermoso. Recuerden siempre: el Arte es Verdad, y servir al Arte es no engañar.

No sé si esos muchachos recuerdan esas palabras del Maestro pero yo nunca las he olvidado.

VI

En el que me enamoro

Les he hablado de mucha gente, pero poco acerca de mí mismo. Ahora, en esta noche del banquete, dirigiré vuestra atención, de nuevo, sobre mi persona, pues sucedió algo que he llevado en mi corazón durante muchísimos años.

El banquete fue una gran cena formal en uno de los suntuosos salones del palacio. Los grandes señores y damas llevaban a sus esclavos, como era la costumbre, para que los atendieran, de pie detrás de sus asientos, con todo lo que se requiriera . . . rapé, o perfume, abanico o pañuelo.

Algunas de las personas más opulentas tenían parientes que los atendían, pero muchos llevaban a uno o dos esclavos. Yo conocía a varios jóvenes negros que estaban siendo adiestrados como ayudas de cámara de sus dueños, y las muchachas solían convertirse en hábiles costureras o bien en ayas e incluso en nodrizas de los pequeños de la casa. Algunas también ejercían como enfermeras.

Esa noche vi, atendiendo a una dama de la comitiva de Rubens, de pie y atenta detrás del sillón de su ama, a una joven como de mi edad, de rostro gracioso y algo pálida pero con los característicos ojos grandes y oscuros y el pelo ensortijado de los de mi raza. Llevaba entre las manos una especie de instrumento de cuerdas, pequeño como una mandolina, que pendía de su cuello con anchas cintas de seda.

Una vez que las carnes del banquete se hubieron consumido y los platos habían sido ya retirados para traer dulces y pastas, frutas y turrones, el ama de la joven le hizo una señal y ella, sosteniendo el instrumento con firmeza y habilidad, comenzó a tañer dulces acordes. Miraba hacia arriba como buscando inspiración. De pronto comenzó un dulce y extraño canto, de alta tesitura, como los acordes que la acompañaban. Su voz era como el oro acompañado por la plata de las cuerdas.

Me imaginé que la cantante era africana, en toda su plenitud y belleza, y que había convivido con los árabes a juzgar por la música, e incluso llegué a suponer que llevaba sangre árabe, por algunas de sus facciones. También por la música. Su canto era un lamento aparentemente interminable y cada nota la elaboraba en su trémula garganta para después lanzarla al aire adornada con elaborados giros y sinuosos acentos. Cantaba con los ojos cerrados, y su rostro era la imagen viva de la nostalgia y el dolor por lo lejano y perdido. ¿En qué pensaría? En seres queridos que jamás volvería a ver o en amores imposibles, ¿quién lo sabría? Su canción, bella como era, no podía yo soportarla casi, me apretaba el corazón; llevaba en sus notas muchas preguntas sin respuesta y me acercaba a pensamientos profundos de mi ser.

Cuando terminó la canción, la concurrencia aplaudió con gran entusiasmo y se escuchó un fuerte murmullo de comentarios tras del aplauso. Ella sólo esperó paciente, con una ligera inclinación de cabeza, a que concluyera el comentario y pulsó de nuevo su mandolina, pero ahora con un ritmo agitado y alegre, que sirvió de telón de fondo a una canción ligera, festiva e irónica, pues se detenía por momentos para tamborilear con ligereza y ritmo el dorso del instrumento mientras miraba a su auditorio. También esta melodía fue ruidosamente celebrada y se le pidió una tercera en la cual tornó al acento melancólico y soñador del primer número, pero más lento, profundo, grave e intenso.

Yo no entendía el lenguaje en que cantaba, y jamás había escuchado música como la suya. Sin embargo, lo comprendía todo en mi ser íntimo, lo sentía en mi alma. Esa música llamaba, clamaba a la sangre que corría en mis venas, me hablaba de añoranzas y despedidas que tenía grabadas en carne viva, en mi yo profundo.

Al día siguiente intenté ver a la niña de nuevo. Inventé mil excusas para acercarme a los corredores del palacio donde sabía que se alojaba la comitiva de

Rubens, pero todo fue en vano. Sólo por una casualidad llegué a saber que el nombre de la bella jovencita era Miri.

Pensaba en ella constantemente y mis deberes ya sólo podía cumplirlos con grandes dificultades de concentración. El Maestro me miraba con cierta fijeza y más de una vez tuvo que recordarme lo que me había ordenado sólo segundos antes. El rostro de Miri, su cabeza hermosa sostenida con gracia aún cuando la inclinaba, sus grandes y profundos ojos, sus manos esbeltas, delicadas y hábiles, el encanto de su voz y de su canto, en fin, toda ella, me tenía fascinado y . . . distraído.

Estaba abstraído en mis pensamientos y suspirando sobre un mortero cuando entró mi ama, interrumpiendo el trabajo del Maestro que estaba poniendo al corriente algunos de sus asuntos mientras esperaba el llamado de Rubens para otra salida o sesión de colaboración y estudio. Mi ama dijo que un mensajero había traído, justo, un mensaje de Rubens. Entretanto mi ama me miró perspicaz y comentó:

—Juanico está enamorado, Diego.

Luego, mirándome con compasión, agregó:

—Pobre muchacho; el amor es una cosa terrible.

Yo me quedé mudo de estupefacción ante estas palabras, pero en seguida reconocí en mi fuero interno que eran verdad. Sí, la verdad era que el amor es terrible puesto que implica tanto sufrir.

El Maestro, tras de leer el mensaje, dijo:

—Despide al mensajero, mujer. Yo enviaré a Juanico con una respuesta dentro de poco.

Continuó pintando por media hora mientras yo me quemaba por dentro con las ansias de llevar la respuesta de mi Maestro al corredor donde estaban Rubens y su comitiva y poder ver, siquiera de lejos, a mi adorada. Al fin, el Maestro se sentó y calmadamente redactó unas cuantas palabras en un papel y lo firmó, con una «V», como solía hacer en sus infrecuentes cartas.

Yo sospechaba que el Maestro había adivinado mi pasión por Miri y había pensado en enviarme de mensajero para poder acercarme a la que ya era dueña de mi corazón. Sabía que era bondadoso, pero nunca adiviné hasta qué punto mi Maestro era capaz de llegar para hacer el bien a otros, de manera discreta y callada, muy a su modo.

Llevé la nota del Maestro a Rubens, pero antes de entregarla me apresuré a limpiarme los zapatos, lavarme las manos y ajustarme la ropa. Qué alegría sentía yo por el hecho de que mi amo me vestía como un hombre y no con turbantes o capas floreadas como faquir o payaso.

Los guardias me dejaban pasar en cada puerta, sólo bastaba que vieran la «V» mayúscula al pie del escrito y, por fin, sólo se interponía entre Rubens y yo un mayordomo rubio holandés. Exigí ser llevado ante el maestro Rubens, en persona y enseguida. El mayordomo gritó algo en su idioma flamenco y de inmediato se escuchó otro grito desde el interior. Era la voz de Rubens.

—¡Deja entrar al muchacho de inmediato! ¡Espero respuesta del maestro Velázquez!

En el momento en que yo entraba y antes de ver al maestro Rubens, una dama holandesa que arrastraba un vestido azul pálido por las frías baldosas del suelo salió apresurada del cuarto contiguo, cargando una vasija. Otra mujer, vestida de blanco, trataba de consolarla y pude oírlas susurrando agitadas palabras.

—¿Qué sucede?—exclamó Rubens, y le contestó la dama de blanco:

—Es la niña esclava, Miri. Le ha dado otro ataque y su ama está muy afligida.

—Aguarda. Añadiré algo a esta nota—me dijo Rubens. Tomó asiento y garabateó rítmicamente—. Necesitamos un médico. Espero que tu maestro pueda enviarnos uno bueno lo más pronto posible.

Corrí apresurado de regreso a nuestras habitaciones en el palacio y llegué jadeando y resoplando.

—Ve de inmediato y trae al doctor Méndez y llévalo en seguida a Rubens—me instruyó el Maestro—. Ya sabes dónde vive.

De nuevo me encontré en plena carrera. A menudo había ido a buscar al doctor Méndez, puesto que la niña Ignacia, hija del Maestro, padecía de accesos de asma, lo que espantaba a mi ama.

El doctor Méndez era un hombrecillo pálido cuyos ojos estaban siempre circundados por ojeras violáceas. Parecía que nunca disfrutaba de suficiente sueño, y tal vez ésa era la realidad. Era de una familia de los llamados cristianos nuevos, eso bien lo sabía yo, y gozaba de fama de tener toda la sabiduría judía y árabe en medicina. El Rey mismo le tenía en gran aprecio y lo consultaba a menudo.

Encontré al doctor Méndez en su laboratorio, hirviendo algo al calor de una llama azul. Su mesa de trabajo estaba repleta de morteros, retortas y matraces y en los estantes abundaban los frasquitos de diversos colores con píldoras y polvos diversos. Él mismo preparaba todos sus medicamentos y ungüentos y no permitía que nadie lo hiciera por él por temor a que cometieran algún error fatal. Tuve que aguardar hasta que lo que preparaba estuviera a punto; entonces lo vació en un frasco, se caló los espejuelos y se volvió hacia mí. Le extendí el mensaje escrito y con rapidez inusitada se incorporó, preparó un maletín con lo más necesario y salimos corriendo de su casa hacia el palacio.

Cuando llegamos a los apartamentos del maestro Rubens, yo seguí al médico hasta el cuarto de la enferma. Nadie me lo impidió en medio de la confusión reinante.

Y ahí estaba mi hermosa Miri recostada sobre una silla. Su cabeza pendía inerte, salía una salivilla de su boca y sus hermosos ojos estaban vueltos hacia el interior, de manera que sólo se veía lo blanco entre sus párpados semicerrados. Sus esbeltos brazos también pendían a los lados y sus manos temblaban como flores en un tallo delicado movido por la brisa.

El médico apartó a las revoloteantes damas con un enérgico ademán, destapó un frasquito verde que traía consigo y lo aplicó bajo la pequeña nariz de Miri. Pocos segundos después movió la cabeza, tragó saliva y tosió un par de veces. El médico continuó aplicando las sales a la nariz de Miri hasta que se incorporó y enfocó bien los ojos. Miró a su alrededor asustada y casi de inmediato gruesas lágrimas asomaron y corrieron por sus mejillas.

—¡Ay, mi ama!—exclamó—¿sucedió de nuevo?

La dama de azul se acercó a Miri y tomándole la mano se la sostuvo con suavidad.

—¡Es sólo que tú me asustas tanto, Miri!

Hablaban en el curioso modo con que en Flandes pronuncian el español, pero yo les entendía bien.

—Estoy tan avergonzada—sollozó Miri, escondiendo su carita entre sus manos y tratando de hacerse pequeñita en su silla.

El doctor Méndez le dio una palmadita reconfortante en el hombro y procedió a empaquetar su maletín.

—No podía yo hacer más, de todas maneras. Es un ataque epiléptico, ¿no?

—Me temo que sí. La niña da un agudo grito y cae al suelo. En seguida comienza a echar espuma por la boca, tuerce los ojos y tiembla toda. Parece sufrir mucho.

—No hay manera de ayudarla que nosotros sepamos—, dijo triste el doctor Méndez—. Traten de que cuando grite y vaya a caer, no lo haga sobre una superficie dura o sobre el fuego. Y anímese, señora, pues no creo que sufra durante el ataque, sino después, al despertar, con la pena de haberlos asustado, y la vergüenza.

—Tengo tanto miedo—dijo gimiendo Miri— de ser una carga y una molestia para mi ama que un día se cansará de mí . . . y me venderá . . .

—No digas esas cosas, Miri—la reconfortó su ama.

Pero mi amada Miri, mi pobre Miri, tan bella, lloraba inconsolable.

Yo estaba agradecido y feliz de tener un amo tan bueno como don Diego; no me molestaba ser esclavo, salvo en no poder pintar. Todo en la vida tiene sus desventajas. Pero noté que el ama de Miri no había prometido el no venderla y tal vez . . .

Al igual que la pobre Miri, mi corazón se encogía de temor. En el corazón de todo esclavo está clavada la espina del temor que dice:

«¿Seré vendido algún día?»

Aún con el corazón destrozado por la partida y el saber que nunca volvería a ver a Miri (porque Rubens y toda su comitiva se marcharon poco después de Madrid con rumbo a Italia), fue ese otro temor, el que Miri con sus palabras me había inspirado, el que persistía. Cualquier canto lejano y nostálgico, cualquier tañido anhelante en un salterio traía a mi mente desolada aquel lúgubre lamento:

—Mi ama se cansará de mí . . . y me venderá.

Dicen que los niños a menudo se despiertan llorando porque sueñan haber sido abandonados por sus padres, o por la muerte de alguno de ellos.

A menudo yo me despertaba angustiado y gimiendo. Había soñado que me habían vendido . . .

mi labor de mantenerlas fuera del estudio, porque amaban a su padre y lo seguían a donde fuera, rompiendo el silencio solemne de los corredores del palacio con el ruidoso golpeteo de sus pisadas, gritos y carreras.

En los meses cálidos del verano, el Maestro dejaba abierta la puerta de su estudio y no había manera de mantener a las niñas fuera. Yo tenía que tomarlas de sus tibias manitas y guiarlas de regreso hacia donde estaba su mamá, quien a menudo estaba enferma y fatigada y no podía correr detrás de ellas todo el día.

El Rey estaba con frecuencia en el estudio posando para su retrato, y muchas veces estaba sentado con uno de sus mastines echado a sus pies. Los canes aprendieron a reconocerme y buscaban mis manos para que les acariciara, y tuve la idea de conseguir un perrito para que las niñas jugaran con él. No sería un perro grande. Quizás un cachorro o un gatito.

Un día pedí permiso para salir a mis devociones religiosas a una iglesia cercana al palacio, y mi ama me hizo varios encargos. Había que ir al almacén y adquirir seis botones azules para una capa que ella confeccionaba. Eso lo compraría en el mercado cercano a la Puerta del Sol, en el centro de Madrid.

También tenía que ir al boticario para adquirir unos cuantos pétalos secos de rosas de Castilla. Álvaro se había enfermado y tenía los ojos inflamados y cerrados y padecía mucho. Mi ama preparaba con los pétalos de rosa una excelente infusión que tenía sorprendentes resultados para desinflamar y sanar padecimientos de la vista. Mi maestro a menudo utilizaba esa infusión como calmante y estimulante para los ojos.

Salí alegre del palacio y mi visita a la iglesia me serenó y me dio gran fortaleza y fe de espíritu. Pude percibir el olor de las gruesas velas de cera en sus candelabros metálicos y asimismo el agradable y picante olor del incienso que perduraba tras de un ritual ante el altar mayor. Me sentía seguro en la iglesia, como alguien que regresa a una casa donde le esperan amor y comprensión. Uní mis manos y oré con fervor por todos mis amados seres ya muertos, y claro, por el Maestro, mi ama, sus hijas y el Rey. Últimamente había añadido una oración fervorosa y nostálgica por Miri. En el momento en que me ponía de hinojos en el silencioso templo, sentía como si un ángel me cubriera con sus alas y dejara fuera de mí todo lo doloroso y maligno que hay en el mundo.

No tardé mucho en encontrar lo que mi ama me había pedido y me dediqué a buscar una mascota para Paquita, que así llamaban cariñosamente a la niña Francisca.

Los cocineros del palacio tenían muchos gatos y los conservaban en las bodegas para combatir a los roedores, pero eran criaturas salvajes y hurañas, totalmente inadecuadas para una niña. En cambio, yo había visto gatitos tiernos y suaves, de pieles sedosas y acariciables, que al levantarlos no pesaban más que un gorrión. Estos gatitos eran vendidos como mascotas; los traían mercaderes árabes desde el Asia Menor. Eran criaturitas adorables con sus ojos vivaces de profundo color verde o brillante color oro y sus cortos hociquillos y rosadas naricitas. Había una comerciante de encajes, cerca de la Puerta del Sol, que poseía una pareja de esos bellos felinos y a veces vendía los gatitos.

Esta señora se llamaba doña Trini. Yo le simpatizaba porque me había visto a menudo por los mercados y decía que le traía buena suerte; en los días en que ella tocaba mi casaca decía que tenía estupendos negocios y muchas ventas. Me solía llamar a voces, diciendo:—Hola, negrito—. Y agregaba a veces:—¡Ven y tócame las manos y me traerás la buena fortuna hoy!

Había llegado el día y la hora en que yo sacara provecho de todo aquello.

En cuanto entré a su tienda me percaté de que estaba ocupada en la venta de algunos encajes a una dama encopetada, pero se detuvo para dedicarme una luminosa sonrisa y me hizo una seña para que esperara. Sostuve el aliento y me concentré en enviarle en silencio mis mejores deseos. Dio resultado porque la dama le compró tres grandes golas de encaje y contó varios doblones de oro en la mano de doña Trini. Cuando salía la señora de la tienda yo me aparté un buen tramo para darle paso; las personas de raza blanca temen mucho cuando un negro les pisa la sombra por temor a la mala suerte, y yo me apartaba para no asustarlos.

—Negrito—se oyó que llamaban desde adentro—. ¡De nuevo me has traído buena suerte. Entra y te daré una rebanada de pastel de dátil!

El rostro arrugado de doña Trini resplandecía de alegría. Le sería posible vivir varias semanas de los doblones recién ganados y sus ojillos verdes y pequeños reventaban de buen humor.

—Gracias, doña Trini—le contesté, amable pero firme—. Lo que quiero pedirle hoy es otra cosa. No una rebanada de pastel de dátil.

Mudó su semblante de inmediato y en sus ojillos asomó en seguida la sospecha, pues pensaba que le iba a pedir dinero.

—¿Qué pasa, negrito? Soy una mujer pobre y el dinero que acabo de ganar tendré que emplearlo de inmediato. Pero te daré lo que me pidas, porque eres un talismán para mí.

—Quiero un gatito blanco, de esos que usted suele tener.

Doña Trini dio brinquitos de gusto ante esta inesperada petición y aplaudió alborozada mientras sus faldas de color marrón y negro se sacudían como las de una niña jugando.

—¡Y lo tendrás! ¡Una belleza! ¡Ya vendí los otros mininos de la camada, pero este gatito, el más pequeñín, es el más bonito de todos!

Corrió hacia la trastienda en la que elaboraba sus encajes y donde tenía su recámara y una pequeña cocinita, y en un rincón recogió lo que parecía una pelotita de peluche blanco. Se escuchó un maullido interrogante de la mamá gatita: ¿Miaauu? Regresó apresurada hacia mí con el gatito y exclamó:

—Míralo, negrito, ¡qué hermosura! Nadie lo quiso comprar porque tiene un ojito azul y el otro verde, pero tú eres un hechicero. ¡Tú has de saber que eso es señal de buena suerte! Llévatelo, ¡es tuyo!

Me dio el minino y yo lo escondí dentro de mi chaqueta, donde de inmediato se puso a ronronear. Regresé en seguida a nuestro apartamento, pues sabía que mi ama estaría ansiosa esperándome. Y, en efecto, me esperaba parada en el quicio de la puerta, golpeando con el pie nerviosamente las baldosas.

—No podré enviarte fuera del palacio a ningún mandado, Juanico—me dijo en tono de regaño—. Te demoras demasiado.

—¡Mi ama! Me demoré para buscarle un regalo a Paquita. ¡Y aquí está!—. Metí la mano en mi casaca y extraje al gatito blanco con su carita de azucena.

—¡Oh, Mushi!—gritó mi ama, acurrucándolo contra su cuello y acariciándolo—. ¡Gracias, Juanico¡

Lo puso en el suelo y Paquita, lanzando gritos de alegría, corrió hacia él y lo mimó. Al principio, objeto de tantas atenciones, el gatito se acobardó y siseó un poco. Pero mi ama trajo una bolita de lana de estambre y la hizo correr por la alfombra y pronto Mushi (que ya era su nombre) retozaba feliz. Hasta la niña hacía pucheros y balbuceos.

Mushi se convirtió en la mascota de la casa. Entretenía a las pequeñas y las mantenía fuera del estudio del Maestro. Aún él, a veces, jugaba con gravedad con el gatito por las noches, y cuando el Mushi creció, se transformó en un gato sobrio y lleno de dignidad, y solía acurrucarse y ronronear en el brazo del sillón del Maestro, después de la cena.

Antes de que la primavera se convirtiera en verano, el Rey se presentó a visitar al maestro y lo honró con una comisión para que viajara por Italia y viera todas las grandes obras pictóricas de las que le había hablado Rubens, para adquirir pinturas y esculturas para el palacio y para que visitara a la Infanta María en Nápoles y pintara su retrato. La Infanta María, que era hermana del Rey de España, estaba por contraer matrimonio con Fernando III, Rey de Hungría.

Cuando el Maestro se lo dijo a mi ama, ella se sorprendió y exclamó:

—Pero ¿qué haremos con las niñas? ¡No podemos llevarlas y yo no podría separarme de ellas!

—Iré yo solo. Solamente me acompañará Juanico— le dijo a ella.

En ese momento mi ama lloró y pataleó y amenazó con lanzarse de una ventana del cuarto piso del palacio. Pero el Maestro era muy paciente y persuasivo y por fin le prometió que él llevaría a mi ama y a las niñas a Sevilla, donde las dejaría con su padre durante nuestra ausencia.

Mis preparativos fueron sencillos. Sólo puse algunos de mis tesoros en un pañuelo y lo até con un par de nudos. En cuanto al Maestro, no eran mucho más complicados que los míos. Se vestía con un traje y llevaba otro de repuesto. En lo referente a pinceles y lienzos, los compraría en Italia.

El Rey dio órdenes de que nuestro apartamento en el palacio fuera clausurado y sellado hasta nuestro regreso, y puso a un guardia en nuestra casa de Madrid.

Mi ama se preocupó y empaquetó alfombras y cortinajes con hierbas aromáticas para que no los corroyera la polilla y sus mejores piezas de plata las escondió debajo de una baldosa. Por fin, llorando y pálida, declaró que estaba lista para el viaje y nos pusimos en marcha.

Íbamos en dos carruajes. El Maestro, mi ama, Paquita y la niña, marchaban delante; la criada de mi ama, la cocinera y yo seguíamos en un segundo carruaje, menos cómodo y sin lujos, sin muelles ni cojines en los asientos. Pero los caballos eran animosos y siempre llegábamos al mismo tiempo. Había otro pasajero en nuestro carruaje; iba en una caja de madera con orificios en la tapa para respirar y asas a los lados para que yo pudiera cargarlo con seguridad. Era el pobre Mushi, que viajaba así y detestaba cada minuto de esa experiencia, y lo manifestaba constantemente con maullidos lastimeros.

Mis sentimientos en aquel viaje eran confusos. Todavía hoy recuerdo esa travesía por los campos de España y no puedo afirmar si me sentía feliz o desdichado. Por una parte, me alegraba el viajar con relativa comodidad en carruaje, y poder comer caliente cada noche y desayunar a gusto por las mañanas, y además era muy grato disponer de pan, vino y frutas cuando se hacía la parada de mediodía. Era agradable dormir en una tibia cocina y no tener que pasar la noche en un desván destartalado o bajo la fría mirada de las estrellas. Pero los terrores de mi primer viaje por esos valles y montes me asaltaban por momentos y hasta temía despertar y ver la cruel sonrisa del odioso gitano, con su lenguaje malévolo y armado siempre del látigo que desgarraba mis carnes y satisfacía su sadismo.

Por fin en un soleado día vimos la torre dorada de la Giralda de Sevilla y las carrozas pasaron traqueteando sobre un puente que cruzaba las cenagosas aguas del Guadalquivir. Por mis mejillas corrieron lágrimas de nostalgia al recordar a todos los seres queridos que pasaron por mi vida en la ciudad mayor de Andalucía. Mi madre en primer término, junto con mis antiguos amos, y el hermano Isidro. En fin, tantos recuerdos y personas de mi infancia. Quise buscar al buen fraile que me había salvado la vida, pero como sucedieron las cosas no pude hacerlo, por más que quise.

En la casa de los Pacheco reinaba la más absoluta confusión en el momento en que llegamos, cuando los fatigados caballos terminaron al fin su larga jornada. Les quitaron los arreos y se les llevó a los establos para secarlos, alimentarlos con pienso y darles agua fresca. El resto de nosotros nos sumergimos en un mar de gritos de bienvenida, de abrazos y besos. Era una verdadera algarabía en la que se confundían el Maestro, mi ama, sus padres y los sirvientes de ambas familias, que se afanaban en besar a las niñas y llevarlas a las habitaciones donde se les daría un buen baño y se les dispondría para el descanso tras el largo viaje. Se distribuyeron los equipajes y comenzó el recuento de las noticias de Madrid y de la corte. Todo este ruido y confusión produjo en el Maestro una de sus severas jaquecas. Padecía de ellas cuando estaba exhausto de sus nervios debido a experiencias demasiado excitantes para él, por lo que se retiró a la habitación que había de compartir con su señora. Yo le llevé paños húmedos fríos y una de las píldoras que le había recetado el doctor Méndez, preparada por él mismo y que contenía cierto tipo de opio para reducir el dolor y hacerlo descansar. La verdad es que el Maestro no había padecido esas dolencias desde los días en que estaba tan a menudo en la corte y se veía obligado a asistir a las ceremonias que ofrecía el Rey.

Después de un largo rato, mi ama pudo separarse de los brazos de sus padres, primos, hermanas y viejos servidores de la familia que le pedían bendiciones y finalmente subió a la habitación para atender al Maestro. Yo me retiré para atender al pobre Mushi y acostumbrarlo a su nueva y extraña casa. Pero me preocupé en balde. Paquita ya lo había sacado de su caja, le había traído un poco de leche fresca y se había acurrucado a dormir con el gatito. Abrazados, la pequeña y el gatito suspiraban dormidos. Yo me alejé en puntillas para averiguar dónde habría de pasar la noche. El amo Pacheco había dispuesto para mí una cama con mantas en un rincón de su propio estudio.

Durante unos días el Maestro estuvo indispuesto, postrado en cama, reponiéndose de su debilidad y palidez. Yo permanecí en la casa para lo que se ofreciera, pero en cuanto se sintió mejor, el Maestro dispuso que debíamos apresurarnos para llegar a tiempo a Barcelona, y embarcarnos en uno de los galeones del Marqués de Espínola. Sería necesario tomar el primer buque costero que pudiéramos encontrar.

Tuve que abandonar la idea de buscar al hermano Isidro, pero le pedí a mi ama que indagara su paradero y le diera naranjas o pan, si ella podía. No era una impertinencia el pedir esto; yo sabía que mi ama era muy generosa y yo siempre había hecho por ella muchas obras de caridad.

A la hora de despedirse, me aparté mientras el Maestro abrazaba y besaba a mi ama y se arrodillaba para besar a sus dos pequeñas hijas. Jamás pude imaginar que un pequeño ciclón con faldas se avalanzara sobre mí y aferrándose a mi rodilla exclamara:

—¡Juanico no se va! ¡Juanico se queda con Paquita!

Estaba la niña inconsolable. En toda mi vida nadie jamás había llorado al verme partir; era una experiencia única para mí, y la recordaría con nostalgia muy a menudo.

Recuerdo relativamente poco de mi primera travesía por mar, salvo la tristeza que me embargaba en los muelles de Sevilla, antes de partir, pues recordaba a mi antiguo amo, quien había batallado toda su vida en esos sitios. Una vez que abordamos la embarcación, preparé la cama del Maestro en el pequeño camarote y ordené el equipaje. Salimos de noche de Sevilla, y todo fue bien hasta que llegamos a alta mar. Desde allí para el pobre Maestro todo fue agonía, pues estuvo mareado todo el viaje, con excepción de unos cuantos respiros cuando entramos en Málaga y otros pequeños puertos.

Pero finalmente llegamos a Barcelona y nos pudimos embarcar de inmediato en el espléndido galeón del Marqués de Espínola. El Maestro se veía pálido y atemorizado, pero esta travesía fue mucho más tranquila que la primera en la sucia goleta costera. El Maestro se sintió mejor aunque sólo comía pan seco y un poco de vino. En todo caso, en cuanto llegamos a Génova, lo primero que hicimos fue ir a un templo a dar gracias a Dios por la feliz travesía, y después buscamos alojamiento. Creo que desde aquella experiencia marina, el Maestro miraba al mar como se mira al mismísimo diablo.

Encontramos una posada modesta pero limpia. El Maestro me dijo que durante nuestros viajes por Italia habíamos de compartir la misma habitación. No me quería lejos de su lado, y la verdad era que yo tampoco quería estar lejos de él. Nos conocíamos bien y podíamos pasar muchísimas horas en silencio, horas en las que desaparecía toda sensación de soledad.

A menudo pasaba yo a la cocina de la posada a preparar alimentos para el Maestro. Los españoles están acostumbrados a comer carne y pan, y en cambio los italianos tenían una dieta de pasta aderezada con diversas salsas picantes pero con poca carne.

Cuando el Maestro se sentía lo suficientemente bien como para salir a buscar obras de arte y visitar galerías y tiendas para enterarse de los precios y regatear, yo iba con él, cargando siempre conmigo su carpeta de apuntes, su pañuelo limpio y su dinero, el cual siempre llevaba yo atado a mi cintura envuelto en una faja ceñida.

Y comenzamos a viajar por Italia. Las ciudades de este país me parecieron más sucias y menos acogedoras que las españolas, si bien la gente era ruidosa y afable. Abundaban los ladronzuelos y a menudo me empujaron, pero nada me pudieron robar salvo carbones envueltos en papel y trapos de limpieza. Veía sus furtivas miradas y que me maldecían. Era gente bella, en general, y yo no dejaba de admirar su gran sentido y vocación por el arte, mas no me simpatizaban y al principio tenía grandes dificultades para entender su idioma. Pero a medida que transcurría el tiempo, y en compañía del Maestro visitaba más galerías y conocía a algunos pintores, mi admiración por Italia aumentó. Era en verdad un país que vivía para el arte y podían perdonársele todos sus defectos.

El Maestro dispuso que tomáramos un carruaje con rumbo a Roma. Era un viaje largo y viajábamos en silencio porque al Maestro no le gustaban los parlanchines. Pero siendo nosotros los dos únicos que hablábamos español, el Maestro me animó a que le hiciera comentarios del paisaje a medida que avanzábamos.

—La luz en este país es muy diferente a la de España—me explicó mientras nuestro carruaje rodaba lentamente por campos dorados de trigo en medio de los cuales podían distinguirse flores azules y de un rojo vivo dispersas por todo el trigal—. Aquí la luz parece tener cierta limpidez y un reflejo suave, como la luz del fuego. En cambio en España la luz es clara y aguda, hasta cegadora. Las sombras son más marcadas, profundas y cortantes, tienen más dramatismo. En Italia son de tono más suave y suavizan el contorno de los objetos y seres.

—¿Ve usted esta diferencia de luz en las pinturas hechas en Italia, Maestro?—me aventuré a preguntar.

—Así es, Juanico.

—Y ¿hará usted copias de pinturas en Roma, como lo hizo ya en Génova y Florencia, Maestro?

—Por supuesto. Copiaré algunas pinturas de Miguel Ángel, de Rafael y de Tintoretto.

—¿Por qué hace usted eso, Maestro? Eso de copiar pinturas.

—Pues porque el Rey ha ordenado que se hagan esas copias. Y además aprendo de ellas. ¿Qué mejor manera? Es como tomar lecciones de uno de los grandes maestros del pasado, como si estuvieran vivos. Copio sus sombras, sus colores, sus tonos, sus fondos y cortinajes. En verdad, es como si aquellos pintores estuvieran a mi lado, guiándome e instruyéndome.

Yo guardé silencio, pues batallaba con el febril deseo de poder comprar lienzos, pinceles y pinturas en Italia, donde nadie me conocía, y tratar de pintar por mí mismo. Y el diablo agregaba ahora una nueva tentación. Si podía aprenderse de la labor de copiar, ¿por qué no podía yo hacer lo mismo y aprender lo que me apasionaba? Estando ocupado el Maestro, no se ocupaba de mí. Ya llegarían el momento y la ocasión. Pero, ¿de dónde saldría el dinero para mis primeras adquisiciones? El Maestro me daba algún dinero ocasionalmente, pero no era suficiente para lo que yo requería.

Sólo tenía yo un recurso, y era el arete de oro, lo único material que me quedaba como recuerdo de mi madre. Así que juzguen por ustedes mismos el anhelo que yo tenía de adquirir los elementos para ponerme a trabajar en lo que era mi pasión, la pintura. En cuanto se presentó una ocasión, la primera que se aparecía en mi camino, estando ya en Roma y el Maestro ocupado en su trabajo cotidiano, me retiré silencioso de donde él trabajaba, me instalé en una galería distante en el mismo palacio y saqué de mi envoltorio mi primer lienzo extendido en un pequeño bastidor, tomé mis carbones y delineé mis primeros esbozos de copia de una pintura que me servía de modelo. No era nada fácil, y tuve que borronear varias veces mi labor con las mangas de mi casaca y recomenzar. Por fin, al cabo de un largo esfuerzo, la vasija y las hileras de baldosas empezaron a aparecer en perspectiva correcta y en proporciones justas. Comenzaba mi largo aprendizaje de pintor.

Estaba mal lo que hacía. Yo lo sabía. Lo que es peor, pensaba seguir clandestinamente con mi proyecto. Pero mi gozo culpable era enorme. Me era difícil reconciliar ambas cosas en mi mente . . . Mi conciencia no me dejaba descansar, pero me encantaba mi desobediencia y busqué la ocasión de hurtar de la paleta del Maestro, de noche, pequeños montoncitos de color. Un engaño nos lleva inevitablemente a otros.

Hubo aún más ocasiones para poder practicar por mi cuenta. La Infanta era arrogante y no toleraba que yo permaneciera en la sala mientras posaba para su retrato. Esto sucedía en Nápoles, a donde nos habíamos trasladado. Fue en esa ciudad, en la que el Maestro trabajaba en el enorme castillo que era la sede fortaleza de la Infanta y del gobierno español en el sur de Italia, donde yo pude trazar infinidad de dibujos, apuntes y bocetos porque ya había decidido que hasta no poder delinear bien las cosas y seres, trazar bien su forma y posición en el espacio, no debía tratar de pintar. Todos esos intentos los quemé después, descorazonado ante mi torpeza e ineptitud. Me torné hosco y taciturno. El Maestro me miró con agudeza un par de veces y un día me reprendió:

—Juanico, estoy lejos de casa y me siento solo y si tú eres el que empieza a mirarme airado y a ponerme caras largas, te enviaré lejos de mí porque me deprimes.

Estas palabras suyas me asustaron y empecé a llorar un tanto angustiado. El Maestro, en actitud molesta, simplemente alzó los brazos y elevó los ojos al cielo.

—Bueno, bueno ¡basta! No te enviaré lejos, te lo prometo, pero no me tientes a hacerlo. Quiero ver, al menos, tu sonrisa alegre de siempre, para que se me ilumine el día.

Entonces me puse muy contento al oír las palabras del Maestro. Nunca había pensado que al sonreír por las mañanas contribuía a la paz interior y a la serenidad del Maestro. Siempre había creído que sólo mis servicios eran requeridos, y nada más. Y aquello me alegró el corazón. Incluso hasta dejé de hacer mis dibujos clandestinos.

Recuerdo poco de esa larga temporada lejos de España. La mayoría de las ciudades y pueblos italianos se me desdibujan en la memoria y se convierten en uno solo. Eran bellos, con sólidos edificios y bañados en aquella luz dorada, y en sus calles y plazas había bella gente. Pero eran cosas ajenas, extranjeras, y no permanecieron en mí, como las visiones de los sueños no permanecen en la conciencia ni en la memoria.

Estaba ciertamente la excepción de Venecia, la ciudad sobre las aguas, donde las mareas subían y bajaban a través de los canales y al que la visita le deja una impresión única. Fue en esta ciudad donde nos sorprendió el invierno y el Maestro pasó apuros y molestias con los sastres venecianos cuando quiso ordenar ropa invernal para él y para mí. Al principio lo fastidiaron con su insistencia en que se hiciera un traje brocado en oro y rubí, lo que hizo al Maestro estremecerse pues nunca usaba sino el sombrío y severo color negro. Luego, los sastres intentaron otra estrategia al ver el rechazo del Maestro a sus intentos de ataviarlo a la «veneciana». Le cubrieron los hombros con un paño de brillante seda azul tratando de convencerlo de que lo usara al menos como forro para su capa negra, y le añadieron unas borlas doradas para darle peso a la hora que se lo echara sobre un hombro en un ademán de sofisticada elegancia. Yo observé a los charlatanes sastres venecianos que no cesaban de prodigarle sonrisas de admiración al Maestro, porque en un país de gente guapa y apuesta como es Italia no habían visto a nadie tan bien parecido como él, delgado y no muy alto, pero bien proporcionado, manos delicadas pero viriles, y el pie breve del español. Su rostro era pálido, con facciones bien recortadas enmarcadas en una melena peinada hacia atrás, de grueso y sedoso pelo negro. Sus ojos, serenos y perspicaces, no eran tan grandes como los de los italianos, pero su agudeza visual y varonil franqueza los hacían notables y bellos. Yo, por mi parte, prefería su reflexiva seriedad y su control emocional a los rostros tan expresivos de muchos italianos.

Incluso los negros que había en Italia, y no eran pocos, tanto esclavos como libertos, eran pretensiosos y arrogantes. Me despreciaban a mí, con mi sencilla ropa oscura, y a mi amo, que les parecía frío, reservado y sin pretensión. A mí me disgustaban.

Me alegré cuando llegamos de regreso a Génova donde habíamos de embarcarnos para volver a España. Nos preparamos de nuevo para los rigores de la travesía, pero no fueron tan mal las cosas, y el Maestro no se enfermó tanto como la vez anterior. Se limitó a acostarse en su litera en el camarote, pálido y temeroso, y casi no comió hasta que atracamos en el muelle de Sevilla. Una vez allí, antes de ver desembarcado nuestro voluminoso bagaje, saltó a tierra, se dirigió a un mesón cercano y ordenó un soberbio desayuno de huevos fritos con chorizo y lo devoró con rapidez.

—No se lo digas a la señora, Juanico—me dijo en confidencia y con una sonrisa—, comeré con frugalidad, como es mi costumbre, de lo que ella haya preparado. Pero la verdad es que no podía más, habiéndome muerto de hambre desde que zarpamos de Génova.

Se dio unas palmaditas en el vientre, tomó ya con más alivio sus lienzos enrollados y su paleta mientras yo cargaba las alfombras sobre mi hombro. Dispusimos que el resto de nuestro equipaje fuera enviado a nuestro domicilio, y caminamos por las calles de Sevilla a casa de Pacheco.

A nuestra llegada hubo una confusión de besos, abrazos y llantos. Paquita no me soltaba la mano y hasta Mushi me dio la bienvenida enrollándose en mi tobillo.

—¿Pero dónde está mi niña, mi Ignacia?—escuché la voz ansiosa del Maestro.

—¡Ay, Diego!—le dijo mi ama, arrojándose a sus brazos—. ¿Cómo decírtelo? Estabas en alta mar . . . hace un mes . . . y . . .

El Maestro se quedó como paralizado, silencioso, sin quitar la mirada de su rostro bañado en lágrimas.

—Ella . . . nuestra pequeña . . . nuestra niña . . . ha muerto—sollozó.

El Maestro la abrazó y acarició sus hombros temblorosos. Nadie habló. La cara del Maestro parecía desconcertada, como la de un sordo que trataba de descifrar palabras que apenas oía. Paquita rompió el silencio.

—Y yo estuve enferma y la niña también, Juanico. Pero ella no se puso bien. Ahora está en el cielo.

La levanté en brazos. Era ligerita, nunca me había pesado. ¡Cómo hubiera querido tener en el otro brazo a la otra pequeña para balancear el peso, como antaño!

Entramos a la casa, y lo que debió ser una alegre bienvenida se convirtió en solemne y pesada sesión de condolencia. El Maestro no hizo preparativos para partir. Lamentó mucho la muerte de su hija y acudía a visitar su tumba todos los días.

A estas tristezas hubo una más que se añadió a mi vida. Fue la noticia de que Dios había llamado al hermano Isidro, que había sido tan bueno conmigo.

Pero un día llegó un mensaje del Rey, que nos mandaba retornar a la corte en Madrid, y tuvimos que hacer nuestras maletas y disponernos para el viaje de regreso.

Llovía cuando salimos de Sevilla y tomamos el camino hacia el norte.

VIII

En el que hablo de una florecita roja

A medida que pasaban los años, el Maestro pintó innumerables retratos de personajes de la corte, pero la mayoría eran del Rey y de su familia así como del primer ministro del Rey, el poderoso Conde-duque de Olivares. Yo nunca había simpatizado con ese obeso y rudo personaje que siempre hablaba a gritos y era vulgar y tosco en sus costumbres y trato, pero lo respetaba porque era un devoto amigo del Maestro y nunca perdía la oportunidad, incluso en banquetes de estado, de elogiar el arte y la grandeza del pintor. A menudo reflexionaba yo, desde mi posición de sirviente, que el Maestro, aunque carecía de títulos nobiliarios, era en todo mucho más caballero que el baladrón y beodo Conde-duque, a pesar de la impresionante lista de títulos y honores que éste ostentaba. El Maestro siempre se comportaba con cortesía y nobleza, un perfecto caballero. Había yo también advertido una creciente amistad entre el monarca y el Maestro; de hecho era un verdadero afecto. En cambio estaba yo seguro de que al formidable Conde-duque el Maestro lo trataba con cautela y reserva.

El Rey era una persona callada y de pocas palabras. Esto se debía, en parte, sin duda, a que él tenía un serio defecto al hablar. Había heredado la larga, pesada y desequilibrada quijada de los Habsburgo, junto con la frente redonda y abultada, el cabello rubio y los ojos azules. Debido a la configuración de su quijada, el Rey padecía de dentadura dispareja y de imperfecto ajuste y cuando hablaba se producía un curioso sonido sibilante y ceceante en cada una de sus palabras. Además, yo creo que en el fondo era tímido y había aprendido en sus años en la corte lo fatal que podía ser el tener plena confianza en alguna persona. De manera que transcurrieron meses y años, y poco a poco la amistad del monarca y el Maestro creció y se tradujo en retrato tras retrato. El Rey en terciopelo negro; el Rey en traje lujoso de ceremonia, con la casaca y las calzas finamente labradas en plata; el Rey en traje de caza con su lebrel favorito y el arcabuz al lado.

Yo siempre estaba en el estudio cuando el Rey iba a posar para sus retratos, y llegó a conocerme como una especie de sombra oscura y silenciosa que era parte del estudio. Pero la verdad era que me ponía menos atención a mí que a sus perros, a los que frecuentemente llamaba junto a sí en momentos de descanso. Entonces el Rey acariciaba las largas orejas aterciopeladas y rasguñaba bajo la barbilla de los perros, quienes a su vez miraban a su amo con ojos de amor límpido. No dudo que el Rey, por mucho que se le respetara y se le sirviera, nunca gozaba de tanto afecto como el que le daban sus lebreles.

Pero otra verdad es que tanto el Rey como el Maestro eran, de plano, seres taciturnos. El Maestro siempre guardaba silencio porque él era así y porque, como me dijo en una ocasión, el mundo estaba repleto de palabras necias que jamás debieron haber sido pronunciadas. En otra ocasión, en la que nos encontrábamos solos en el estudio y yo pulverizaba pigmentos, me reveló que él vivía de lo que percibía por medio de sus ojos y de lo que daba a cambio al mundo, percibido por su mirada y transformado por sus manos en pinturas y cuadros. No como otras personas que vivían de lo que les entraba por la boca y que salía de esa misma boca, transformado en necedades.

—Mis lienzos, mis cuadros, son mi conversación— le dijo en una oportunidad al Rey. El monarca meditó en esa frase un momento y luego miró con aprobación al Maestro.

—Pero entonces—preguntó el Rey, tras unos minutos de reflexión—, entonces ¿qué cosa es mi conversación, don Diego?—. Esto último dicho en un tono de tristeza.

—Vuestra Majestad no fue creado por Dios para conversar, sino para escuchar, con afecto y paternal cuidado a sus súbditos—contestó con claridad y firmeza el Maestro. Al rey le gustó esa respuesta y estuvo sentado, asintiendo muy complacido.

Así, entre el monarca y el Maestro fue creciendo paulatina pero constantemente una fuerte amistad silenciosa, y yo fui testigo de su impulso y formación. Siempre he sido sensible a las sutilezas de sentimiento entre seres humanos y pude ver, mes a mes y año tras año, lo mucho que el Rey de España permitía que su íntimo ser fuera confiando más y más en el afecto y la lealtad del Maestro. En cuanto al Maestro mismo, sentía una muy especial devoción, y hasta una tierna protección hacia Su Majestad, a quien, a no dudarlo, debía mucho de gran importancia para él y para su familia.

El Maestro pintaba a los hijos de Su Majestad, las Infantas y los Príncipes, con extraordinaria delicadeza y ternura. Se trataba de las Infantas María Teresa y Margarita y de los Príncipes Baltasar y Felipe Próspero. Este último era muy enfermizo, el pobrecillo, y lloriqueaba mucho, pero con el Maestro se mantenía quieto y alerta, dispuesto al juego o a la obediencia según fuera el caso. Dios se lo llevó temprano en su vida; apenas contaba cuatro primaveras al fallecer.

Como era de esperarse, hubo siempre aprendices agitándose en torno al Maestro. Cristóbal y Álvaro se fueron a los cinco años, aproximadamente, de haber llegado. Los aprendices le aliviaban la carga al Maestro, pintando los espacios amplios de cielo raso o cortinajes. También a menudo se ocupaban de copiar las imágenes religiosas del Maestro pues la Iglesia le pedía continuamente más de lo que él podía pintar.

Los aprendices venían y se iban y el Maestro no dejaba de darles una excelente instrucción. Y lo que ellos no aprendieron, yo sí, pues todos esos años me mantuve ocupado con mis dibujos. Aplicaba, como había visto hacerlo al Maestro, las capas oscuras al lienzo y subía lentamente a tonos más claros y delicados para los detalles.

Unos catorce años después de que regresamos a Madrid de nuestro viaje a Italia, llegó un joven recomendado por el Conde-duque de Olivares. Había estado estudiando pintura y quería ser aprendiz del «más grande de España». El joven tenía unos veinte años y se llamaba Juan Bautista del Mazo. Era apuesto, vanidoso y vestía un traje de seda de colores cálidos. Su cabello lo llevaba con muchos rizos en la frente, como se ve en las estatuas griegas.

Por aquellos años, Paquita ya había crecido y se había convertido en una hermosa señorita. Aquel día de la llegada de Juan Bautista apareció casualmente en el estudio moviendo sus faldas con la natural coquetería de la juventud y pude advertir que el joven recién llegado le dirigió una mirada y se puso, momentáneamente, blanco como un papel. Fue un flechazo de amor, como suele decirse; el corazón del joven se detuvo un instante y la sangre pareció habérsele salido del cuerpo. Mirando con rapidez, pude darme cuanta de lo que Juan Bautista había visto y que yo, por años, había mirado como parte ordinaria de la vida en casa del Maestro. Paquita era una joven en plena flor de la edad. No era alta pero tenía agradables formas femeninas, en espléndida madurez juvenil, con un cuello delicado y una cintura pequeña. Iba vestida en esa ocasión con un traje dorado y marrón de lana fina con bordados en negro y se tocaba con una caperuza que enmarcaba su bonito rostro de sonrosadas mejillas y grandes y expresivos ojos negros. Estaba por salir con su madre y había venido a pedirle al Maestro unas monedas para comprar algunas frivolidades. En medio de aquellos dos jóvenes brilló un instante una especie de llama invisible. La vi en los ojos de Paquita también, antes de que, temblorosa, bajara sus largas pestañas.

—¿A dónde vas?—preguntó el Maestro, sin apartar la mirada del cuadro que pintaba en ese momento.

—De compras y a visitar a Angustias.

Angustias era la hija de una de las damas de la corte y una gran amiga de Paquita. Se visitaban a menudo y cuchicheaban como lo hacen las muchachas de sus asuntos juveniles y del tema obligado de los vestidos y arreglos femeninos.

—Llévate a Juanico contigo. No me gusta que salgas sin alguien que te acompañe para protegerte.

Era bastante común que el Maestro me enviara junto con Paquita o su madre, y a ellas les agradaba mi compañía. Paquita amaba a toda criatura pequeña, ya fuera bebé, pajarillo o animalillo; aquel primer Mushi que le había regalado yo había sido sustituido por muchos otros a lo largo de los años, ya que la muerte o el carácter de los felinos, que es independiente siempre, le habían privado de sus mascotas. El Mushi de ahora era un tigrillo de nariz color naranja que gustaba de los juegos rudos porque no era un caballero como los gatos persas. Era grandulón y tosco y demostraba su cariño por Paquita atrapando su mano entre las dos garras suyas y pretendiendo mordérsela, pero de pronto se la lamía con su rasposa lengua y ronroneaba cariñoso. Las manitas femeninas de Paquita mostraban con frecuencia los rasguños del Mushi, pero ella conocía el carácter gatuno, lo perdonaba y lo quería mucho.

Adoraba las plantas y las flores y solía detenerse frente a ellas para hablarles suavemente y acariciarlas como si tuvieran personalidad propia. Esto se sabía en palacio y los cocineros le llevaban macetitas con hierbas y florecillas aromáticas pues juraban que si Paquita las acariciaba y bendecía crecían más rozagantes y perfumadas.

Aquel día, recuerdo, después de la visita, nos detuvimos en el mercado de flores y Paquita insistió en comprar una plantita en una maceta. Era lo más crudo del invierno y no había muchas plantas; ésta, de cuatro pétalos rojos, era la única que estaba floreciendo.

—¡Ah, la pequeñina valerosa, floreciendo a pesar de la crudeza del invierno!—dijo Paquita amorosamente y se inclinó sobre la flor y le sopló su aliento—. ¡He de quedarme con la florecita!

La vendedora de flores trató de aprovechar el interés de Paquita para elevar el precio, pero el entusiasmo y los modos irresistibles de la niña ganaron la partida y la plantita se vendió por sólo unos maravedíes. Aquella plantita había de jugar un importante papel en nuestras vidas.

No tardó en llegar el día en que Juan Bautista se me acercó, cuando el Maestro estaba ausente, y me pidió que le llevara un mensaje a Paquita.

Yo me negué con firmeza, temeroso de mezclarme en intrigas de familia. Sabía de esclavos que habían perdido la vida por entrometerse en asuntos de esa índole. Un padre ultrajado podía perder la serenidad y hasta la cabeza con facilidad; incluso si el Maestro podía ser engañado, mi ama era una mujer alerta y suspicaz por naturaleza y nada se le escapaba. Por lo tanto le negué toda ayuda a Juan Bautista, y me alejé de él, temeroso de que me pegara, o me diera a la fuerza una carta que yo tuviera que destruir. Yo no quería tener nada que ver con amoríos ajenos.

Sin embargo, una cosa era rehusar la ayuda a Juan Bautista y otra muy distinta decirle que no a Paquita. La hija del Maestro sabía perfectamente que yo la idolatraba y que nada podía negarle. De modo que cuando me siseó desde atrás de la puerta y me hizo señas de que me aproximara, me deprimí un poco, pues ya sabía lo que me iba a pedir antes de que me extendiera la cartita.

Había doblado en ocho partes el papelito y me susurró:

—¡Papá no debe ver que le das esto a Juan Bautista, Juanico!—Y agregó:—¡Dependo de ti!

Yo quedé mudo y muy infeliz, parado ahí con el papelito en la mano.

—¡No te quedes ahí como un tonto!—, me dijo Paquita enfadada y dio una patada en el suelo—. ¡No hay nada escrito en el papel! Sólo contiene una florecita. ¡Él ha estado regando mi plantita; él sabrá de qué se trata!

Me sentí mucho mejor entonces, puesto que si nada estaba escrito en el papelito había menos peligro. En todo caso, esa noche a la hora de la cena pude dejar el mensajito junto al plato de Juan Bautista cuando servía la mesa. Pude ver que lo metió dentro de su manga y esa habilidad me inquietó un poco por nuestra señorita, pues su admirador parecía tener práctica en las intrigas.

Con todo y mis endebles esfuerzos iniciales, muy pronto, y a mi pesar, estaba profundamente envuelto en los enredos amorosos de los dos jóvenes, en sus secretos y maniobras. Todo ello me preocupaba y me avergonzaba, pero yo fui como todo el que entra tímidamente en una intriga. Una vez dentro, no me quedaba más remedio que continuar y por lo tanto endurecer mis sentimientos.

Pronto comenzaron a citarse los enamorados para susurrarse dos o tres palabritas en algún corredor apartado y mi papel era de guardián de Paquita, por si alguien se acercaba. También lo hacían en las galerías reales de arte, que ¡ay!, casi siempre estaban desiertas.

Para justificarme traté de convencerme de que Juan Bautista estaba realmente enamorado de nuestra vivaz Paquita. Ya empezaba a picar su comida con desgano y a tener trances de melancolía en los que no podía casi pintar y a ponerse pálido y delgaducho; éstas eran señales del mal de amores que por siglos ha sido celebrado en poemas y canciones. Yo suponía que el Maestro notaría tales cambios en su mejor aprendiz. Pero él no decía nada.

En cuanto a Paquita, se volvía cada día más vivaracha, alegre y rozagante, y más traviesa también. Su madre la observaba nerviosa y vi que el Maestro posaba su mirada en ella largamente pensativo durante las comidas.

—Paquita—le dijo un día—, ¡estás madurando rápidamente! ¡Creo que ha llegado el momento de que busquemos un marido para ti!

Advertí su apagado suspiro de sorpresa; luego una expresión de alegría se dibujó en su rostro, seguida de inmediato por una cara de desmayo y desaliento. Todo esto porque el Maestro continuó:

—He de pintar tu retrato y enviarlo a Portugal. Podría interesar a un primo distante mío que vive en ese país. Me agradaría que te casaras con un portugués. Me gusta mucho el vino portugués.

En el acto, el Maestro comenzó a pelar una naranja parsimonioso, pero Juan Bautista dejó caer una cuchara bajo la mesa y se puso a buscarla un largo rato, y Paquita se llevaba a los labios de manera repetida el mismo vaso de vino y lo depositaba en la mesa otras tantas veces.

—Preséntate en mi estudio mañana a las nueve, Paquita, y ponte ese vestido marrón. Comenzaremos el retrato.

—Sí, Papá—musitó, pero se veía claramente el cristal de sus lágrimas asomando a sus ojos. En cuanto al Maestro, pude adivinar un ligero, ligerísimo torcimiento de sus labios bajo el negro bigote, y me pregunté cuánto sabía él de todo lo que ocurría en su casa.

El Maestro trazó rápidamente diversos bocetos y posteriormente le ordenó a Paquita que posara con los guantes puestos y un manguito, y que llevara su rosario y su abanico.

Claro está que no posó todo el día, ni siquiera todos los días, y, para mi consternación, los dos enamorados continuaron sus entrevistas y mensajes. La galería real de cuadros seguía siendo su lugar de reunión favorito, pero Paquita era ingeniosa y hábil y pudo, de algún modo, escaparse a varios encuentros con su enamorado sin que su mamá lo notara. Y a menudo, cuando no podían verse, era yo el que llevaba la florecita envuelta en un pañuelo o dentro de un libro de oraciones.

A medida que el retrato avanzaba, noté que el Maestro retrasaba el pintar el rostro. Las facciones estaban esbozadas, la frente redonda, los grandes ojos, la forma de la nariz. Pero él meneaba la cabeza con cierto escepticismo al mirar el cuadro y aplazaba de nuevo la ejecución de esa parte del retrato y en cambio derrochaba sus habilidades en la parte referente a la mano, el guante en la misma, el calor y redondez de la figura ataviada en aquel vestido marrón y la suavidad ondulante de la cabellera . . . pero no el espíritu, el carácter de la cara de Paquita.

Yo comencé a estudiarla mientras posaba y pude ver el porqué del aplazamiento del Maestro; había cierto recelo en su mirada y un leve temblor de miedo en sus labios, apenas perceptible. El Maestro suspiró, guardó su paleta, despidió a su hija y se aproximó a la ventana para mirar a la gente que pasaba por el patio.

Yo seguí cumpliendo mis deberes, y cuando pasaba hacia la cocina para enjuagar algunos trapos (el Maestro no los usaba si estaban tiesos de pintura vieja) me salió al paso Paquita y me puso en la mano un papelito.

—Cuando puedas—me dijo en un apagado murmullo—, trata de dárselo antes de la hora del rosario en la capilla.

En seguida se apresuró corriendo hacia las habitaciones de su madre, justo en el instante en que el Maestro aparecía en el quicio de la puerta.

—¿Qué es lo que tienes ahí con los trapos de pintura, Juanico?—me interrogó, extendiendo su mano hacia mí. Debió haber escuchado a Paquita cuando me daba el mensaje. Yo nada podía hacer; muerto de vergüenza, le extendí el papelito. Lo desdobló y una florecilla roja cayó al suelo; él se apresuró a recogerla, la examinó detenidamente y se la metió en la chaqueta.

Regresó entonces a su estudio. Yo me quedé de pie en el mismo sitio, desconcertado y titubeante, hasta que me llamó:

—¡Juanico! Ven acá. Ha escrito incorrectamente la palabra «capilla»—me dijo—. Tráeme un buen pincel, y cárgalo de rojo vivo.

Así lo hice. Lo tomó y corrigió la ortografía de la palabra, y tras de trazar una «V» mayúscula, señalando con ello que la había leído, me la devolvió.

—Llévasela a Juan Bautista—me instruyó—. Debe estar loco de angustia esperándola. ¿Se ven a menudo en la Galería Real?

—Sí, Maestro. Pero nunca a solas—contesté, tratando de aliviar un tanto la situación para Paquita—. Yo siempre estoy presente para vigilar.

—El Rey me ha pedido que reorganice esa galería—musitó en tono pensativo el Maestro—, y creo que ya es tiempo de que lo haga si es que siempre está desierta. No podemos permitir que siga siendo lugar de citas para los enamorados del palacio y sólo eso. Ah, y devuélveme esa nota, Juanico, había una florecita en ella.

Sacó de su chaqueta la florecilla, pero ya estaba muy marchita y desmayada. Extendió los aterciopelados pétalos con su mano y los examinó. Luego recogió su paleta y mezcló una brizna de blanco al rojo del pincel que yo le había llevado y continuó hasta que reprodujo exactamente el matiz de la florecita. En seguida, con cuatro trazos magistrales, la pintó en el papel.

—No podía enviar la nota sin su talismán—murmuró—. Ahora sí, llévasela a Juan Bautista, Juanico. Sostén el papel desdoblado, la pintura está fresca y no ha de embarrarse. Yo tenía una cita de trabajo, pero la cancelaré. Siento deseos de asistir al rosario en la capilla y después, ¿quién sabe?, podría visitar esa solitaria galería de arte, después de la bendición.

Yo no podía saber en realidad lo que el Maestro planeaba y me temblaba la mano cuando le entregué la notita a Juan Bautista. Pero él supo de inmediato que el Maestro no le negaría su consentimiento al ver la «V» en el papel, y lo mismo Paquita, quien conocía la gran delicadeza de espíritu de su padre, al ver la florecilla bermellón.

No estuve con ellos en el rosario. El Maestro me envió a una diligencia fuera del palacio, pero esa noche todo era cantos y alegría en la casa del Maestro durante la cena, y los rostros de los dos jóvenes estaban radiantes de felicidad. El Maestro se veía calmado y seguro de sí mismo como siempre. Pero mi ama estaba llorando y gimiendo en su pañuelo. El postre era huevos al jerez, algo que a ella le encantaba y generalmente se servía dos porciones, pero esa noche lo rechazó sin probarlo. El Maestro bebía a sorbos una copa de vino de Oporto.

—Pero, Juana, mi amor—le dijo cariñoso—, ¿ha sido en realidad tan malo el estar casada con un pintor?

En respuesta, mi ama sólo emitió un suspiro y se arrojó sobre el pecho del Maestro.

—¡Ha sido el paraíso en la tierra, y tú lo sabes, mi Diego!

Él la abrazó con ternura y la besó ligeramente en el pelo.

—Le permitiremos a Paquita una porción de ese paraíso también—dijo don Diego y fue entonces Paquita la que se arrojó en brazos del Maestro llorando de alegría—. Estas dos mujeres no me dejan terminar mi vino—se quejó, pero con una sonrisa, y entonces miró directamente a los ojos de Juan Bautista, quien comprendió el momento, se levantó de su asiento y fue a tomar la mano de don Diego y la besó.

Al día siguiente el Maestro terminó el retrato de Paquita. Trabajó con rapidez, como solía hacer cuando había decidido totalmente lo que quería.

El pincel del Maestro mostraba en cada trozo de pintura la alegría en el rostro de Paquita, su júbilo, su amor, su felicidad sin problemas, su sencillez y su esperanza. Y justo bajo el lazo de su fajín, puesta de manera que diera el toque de vida y color que completaba admirablemente el conjunto, pintó la dichosa florecita roja.

La querida Paquita, la que fue siempre tan cariñosa y amable conmigo, tan vivaz, alegre y juguetona, la que amaba todo lo que fuera pequeño y suave, la que amaba los seres que Dios puso en este mundo, como las plantas y las flores, Paquita, la que me confió sus secretos para que yo compartiera la alegría de su matrimonio, reposa desde hace varios años en su sepulcro, pero no he olvidado esos días de felicidad que convivimos y a mi corazón le produce una gran paz y una gran dulzura el recordarlos.

IX

En el que hago amigos en la corte

Alrededor de un año después de la boda de Paquita acompañé al Maestro en un viaje al norte de España con la familia real. Cuando supe que íbamos a emprender ese viaje yo me inquieté mucho puesto que no sabía dónde esconder la gran cantidad de dibujos y pinturas míos, realizados en secreto; no deseaba destruirlos. A nadie podía confiar su cuidado, puesto que era ilegal que yo los hiciera. A medida que preparaba las ropas de abrigo y los materiales de pintura para el equipaje del Maestro me mantuve silencioso y preocupado hasta el grado que el mismo Maestro me llamó la atención al respecto. Todo esto debido a que, si no lo he mencionado antes, mi carácter era por naturaleza alegre y casi siempre canturreaba mientras cumplía con mis labores cotidianas. Tenía desde mi juventud una buena voz de bajo, profunda y fuerte, y al Maestro le gustaba escucharme cantar.

El Maestro me preguntó por qué estaba tan triste, y decidí revelarle parte de la verdad.

—Es que tengo algunos tesoros que no puedo llevar y no sé dónde dejarlos para que estén seguros—le dije.

—¿Y eso es todo? Pues ordenaré que se te entregue un cofre con cerradura, y podrás dejarlo depositado aquí en mi estudio, que tiene una guardia permanente—me contestó.

Y, fiel a su promesa, el Maestro hizo llamar a un carpintero que confeccionó marcos y cajas para nuestro viaje, y para mí elaboró un cofre de sólida madera, con sus respectivos herrajes y su aldabón de hierro que cruzaba un arillo del mismo metal, en el cual podía insertar un fuerte candado con su llave y dejar dentro, a salvo, mis «tesoros». En efecto, dentro del cofre coloqué mi «botín». Mis pinturas y dibujos, al menos los que creí dignos de ser conservados, un collar de cuentas verdes que me gustaba llevar en ocasiones, unas cuantas bufandas de brillantes colores que había comprado en Italia, y un frasquito de esencia de jazmines y rosas del que me perfumaba cabello y manos cuando servía al Maestro en persona o cuando aguardaba detrás de su asiento en un banquete.

También tenía entre mis cosas algunas chucherías femeninas que había comprado en Italia con monedas que el Maestro me había dado; siempre había pensado que se las obsequiaría a mi esposa algún día, si bien el Maestro jamás había hablado de otorgarme una mujer y yo nunca había olvidado a mi primer amor, Miri. Yo nunca había mirado con amor a otra mujer.

A mí me disgustaba por completo la idea del dichoso viaje, puesto que era una expedición de caza y ya habíamos acompañado al Rey en expediciones similares. Al Rey le gustaba mucho la cacería y bien sabía yo que a diario estarían llegando los restos de venados, faisanes y liebres; el solo pensarlo me enfermaba. Yo no podía tolerar ni siquiera la idea de hacerle daño a criatura alguna, ni siquiera a un ratón, y sigo pensando lo mismo hoy día. La cocinera de la casa ya había dejado muchos años atrás de llamarme para que aplastara alguna alimaña que corriera por el piso de la cocina, o se escabullera por las alacenas, porque siempre me había negado a hacerlo. Una vez, hasta había tratado de salvarles la vida a cinco ratoncillos recién nacidos, de suave color rosa, que había encontrado bajo un saco de maíz. Intenté alimentarlos con leche tibia y agua, pero en ese empeño fracasé y tuve que enterrar sus tiernos cadáveres. Ahora me hacía temblar la perspectiva de atronadores disparos de arcabuz, los golpes a los animales moribundos, los gemidos de las liebres heridas, los tristes ojos de los venados agonizantes, las plumas sanguinolentas, todo.

Pero el Maestro había decidido que yo le acompañara y no tenía yo otra alternativa. Ni siquiera podía fingir estar enfermo; no me había enfermado nunca.

El Maestro no era cazador; nunca vi un arma entre sus delicadas manos. Lo que tenía en mente era pintar varios retratos del Rey en traje de caza y a caballo en los bosques, y para ello pulvericé y preparé cuanto pigmento de tierra ocre y verde pudiera requerir.

Mi ama no quiso ir, aunque su Majestad le ofreció montar para ella una tienda de campaña con todas las comodidades. Paquita, encinta de su primer hijo, estaba delicada y mi ama no la quería dejar sola.

Soporté cuanto había que soportar, esperando en cabañuelas de ramas en los bosques mientras el Rey galopaba con estrépito por los atajos y veredas que los monteros le señalaban, y mientras tanto proveía al Maestro de carbones, colores y pinceles que me pedía a fin de trazar sus bosquejos y apuntes de las acciones, o posteriormente, de las piezas cobradas, puestas en forma de bodegones o naturalezas muertas. El Maestro pintó muchos cuadros de ese tipo.

Una vez el Maestro me miró fijamente al ver que me corrían las lágrimas al trasladar a un hermoso venado muerto de cuyo hocico goteaba aún sangre fresca y a una liebre a la que se le advertían aún los delicados capilares rojos en el interior de sus grandes orejas.

—¿Tanto odias esto?—me preguntó el Maestro, un tanto admirado.

—Dios les dio vida a estas criaturas y me duele ver que se les arranca de manera tan violenta.

—Pero tú comes carne en la mesa, Juanico.

—Lo sé. Y me avergüenza hacerlo.

—Eres un ser tierno y gentil—musitó—. Has de descender de gente muy admirable.

—Mi madre era hermosa y buena.

—Sí. Mi tía me lo dijo.

Pero mi lealtad hacia el Maestro era profunda y por eso no podía yo permitir que se le excluyera de las personas tiernas y compasivas sólo porque él no se conmovía a la vista de los animales muertos por la caza.

—Vos sois muy bueno también, Maestro, y en extremo gentil—le manifesté emocionado—, aunque pintéis estos pobres animales tan desapasionadamente.

—Ah, Juanico, pero sí soy apasionado, siento una gran emoción—me dijo mirando con intensidad la profunda herida en el pescuezo de un venado—. Lo que ocurre es que mi emoción es la fría pero intensa emoción de un espíritu o de un ángel; a veces no es de este mundo. Nosotros los pintores somos así, debemos serlo, nos disciplinamos a serlo. Hemos de representar, de reproducir lo que vemos sin añadir ni quitar nada. Las emociones personales no han de entrar en nuestro trabajo, porque de ser así nuestra mano temblaría y sobrevendría la tentación de arrojar suaves velos sobre lo doloroso o lo repulsivo.

—En Italia—dije con gran modestia y timidez, pues me encantaba poder entablar una conversación así con el Maestro—, escuché a los pintores en las galerías y decían que todo lo que no es bello ha de ser disimulado u ocultado.

—Yo soy más humilde que ellos—me contestó—, puesto que yo no deseo mejorar la obra de Dios. Simplemente muestro, con respeto, lo que Él ha creado.

Un día apareció el Rey con el arcabuz en la mano y seguido por su perro perdiguero.

—El Corso se ve triste—dije—. ¿Está enfermo?

Como era natural, no me dirigí a Su Majestad el Rey, quien pretendió no haberme oído, pero el Maestro repitió mis palabras, y agregó:

—Creo que su perro está muy desmejorado, Majestad. ¿Acaso no ha comido bien?

—Me temo que así es—contestó con tono de preocupación el Rey y se inclinó para acariciar suavemente la cabeza del can—. Le ofrecí unos trozos de carne por la mañana, los tomó en el hocico, pero luego los tiró en el suelo sin comerlos.

—Mi sirviente Juanico, aquí presente, es hábil en curar los animales domésticos—dijo el Maestro—. Si Su Majestad lo ordena, podría atender al Corso.

El Rey se quedó quieto, pensando cuidadosamente las cosas; ésa era su costumbre. Era un monarca cauteloso y meticuloso en grado sumo. En seguida me miró con sus pensativos ojos azules.

—Es mi voluntad que ese esclavo vuestro lo intente—dijo al fin. Me hizo una seña de que me acercara y examinara al perro.

Yo había atendido con frecuencia a los perros falderos de mi ama. Les daban de comer mucha carne y pan y esto era demasiado pesado para ellos. Son animales que requieren gran cantidad de ejercicio en los campos, donde comen las hierbas que necesitan.

—Debo abrir la boca del lebrel—le dije al Maestro, quien repitió la sugerencia al Rey.

—Corso—ordenó el monarca, puesto que el can sólo lo obedecía a él—, estáte quieto.

Toqué la cabeza del perro, la que debí sentir sedosa y en cambio me pareció rugosa y seca. El can me miraba con grades ojos llenos de suspicacia. Entonces le abrí suavemente el hocico y me acerqué a olfatear el aliento del animal. Se sentía un fuerte hedor metálico. Esto me confundió. Reflexioné que este animal no estaba falto de ejercicio y pudo haberse detenido en cualquier sitio de la montería del Rey para comer hierbas y purgarse solo como suelen hacerlo los de su raza.

El hedor extraño del aliento del animal y la delgada película que noté en los colmillos que debieron haber estado limpios y brillantes me hicieron sospechar otro mal. Pasé entonces mi mano suave pero firmemente por los lomos y costillas del perro hasta que soltó un suave gemido de dolor y luego se acurrucó tembloroso contra la pierna de su amo. El monarca lo reconfortó sobándole el lomo y hablándole.

—Creo que este lebrel tiene enfermo el hígado—le dije al Maestro—. Tal vez tenga enquistado un parásito allí.

El resultado fue que Corso me fue encomendado y yo me encargué de él, no sin ciertos temores, porque se me ocurrió que si yo fracasaba y el can moría, la ira de Su Majestad podría dirigirse contra mí. Pero Dios estaba conmigo, porque en los campos circundantes encontré las hierbas con las que preparé un enérgico brebaje que obligó al hígado del animal a restablecer su acción depuradora y después de dos días de tratamiento expulsó el parásito. De ahí en adelante mejoró la salud del lebrel a prodigioso ritmo y, de inmediato, empezó a brincar y a devorar con hambre canina lo que apetecía. Al cabo de una semana pude llevar al Corso de nuevo a los pabellones de caza del Rey, y el perro iba alegre y juguetón. El lebrel, tras de restregarse contra mi cuerpo, en son de aprecio, corrió a donde se encontraba el monarca, y luego volvió hacia mí, y a ambos, al Rey y a mí, nos hacía fiestas y nos daba pequeños empellones y lamidas en las manos. Pude advertir entonces la muy dulce y muy rara sonrisa de Su Majestad el Rey.

—Os lo agradezco—dijo simplemente, y me extendió una bolsa de terciopelo violeta llena de ducados.

El Maestro estaba muy orgulloso de mí, y no quiso aceptar el dinero, que legalmente le pertenecía, pues los esclavos no podíamos tener bienes propios.

—No, pon tus ducados en tu caja fuerte—me dijo sonriente—. Cómprate algo. Un anillo de amatista, quizá.

Al Maestro le fascinaban las joyas. A menudo lo sorprendía mirando lenta y detenidamente alguna gema, girándola en sus manos para captar tonos y brillos, aunque él nunca las lucía en su persona. Nada era demasiado grandioso, o demasiado terrible ante sus ojos. Pero él nunca se adornaba y nunca se interesó en hacerlo.

Ya de regreso en el palacio después de la cacería, el interés del Maestro se centró en esas criaturas extrañas y a menudo patéticas que residían en el palacio para el entretenimiento del monarca y de su familia e invitados. Había algunos actores veteranos que en calidad de bufones entretenían con sus chistes y ataviados con múltiples disfraces actuaban loas y pasos o entremeses variados. El Maestro les pedía a menudo que posaran en calidad de personajes míticos o históricos y los actores se enorgullecían cuando acertaban una postura o atinaban el gesto o ademán adecuado al personaje requerido.

Había además varios enanos y uno o dos idiotas mansos cuya constante risa parecía agradar al Rey, quien trataba bondadosamente a estos seres que le entretenían y les proporcionaba ropa y buena alimentación y bebida. Para los enanos el Rey disponía que sus sastres les hicieran trajes especiales y sus zapateros botas que ciñeran aquellos pies deformados.

Como el Maestro pintaba a todos esos seres con frecuencia, yo llegué a conocerlos a todos. Un niño idiota llamado el Bobo no hablaba sino disparates y en cambio reía casi todo el tiempo, pero era bondadoso y cortés y todos en el palacio le trataban con deferencia, ya que se consideraba «inocente de Dios». Al pequeño Infante Baltasar Carlos le gustaba ser cargado en brazos por el idiota y se agarraba a él confiadamente. El Maestro pintó al Bobo y a un enanito al que llamaban el Niño de Vallecas, que era un hombre crecido, pero de la estatura del Infante Baltasar Carlos cuando sólo tenía tres años.

Este enano, el Niño de Vallecas, cuyo verdadero nombre era Francisco Lezcano, había sido encontrado en una zona rural en España y llevado a Madrid, pues el monarca buscaba ávido a esos seres pequeños. Estaba seriamente deforme y torcido y sufría intermitentemente. Yo le daba masajes a menudo para aliviar la tensión excesiva en su espalda y encorvadas piernitas. No era muy inteligente; creo que sus padecimientos le impidieron aprender, pero fuimos amigos y vivió siete u ocho años en el palacio antes de morir.

—Somos hermanos—me dijo en una ocasión en esa extraña voz gutural de hombre maduro—. Lo somos tú y yo porque estamos esclavizados por motivo de nuestro nacimiento. Tú naciste fuerte, un ser normal, pero negro. Yo nací como me ves, un hombre embutido en el cuerpo de un niño de brazos. ¿Por qué nos habrá puesto Dios esta carga encima, Juanico?

—Quizás para hacernos humildes. Nuestro Señor fue rechazado y despreciado, lo sabes. Él mismo nos lo dijo. Y Él también dijo: El que se exalta será humillado y el que se humilla será ensalzado.

—Cuídate de lo que dices. Puede ser interpretado como traición. Nuestro Rey está muy ensalzado.

—El Rey nació para la posición que ocupa en el mundo. Pero es un ser gentil. A veces me habla en los corredores del palacio, y en ocasiones incluso me acaricia.

—Mi pobre Juanico, te conformas con tan poco.

—Nada de eso. Lo que pasa es que soy un ser culpable. Por eso no trato de rebelarme contra el mundo en que nací y en el que vivo.

La verdad es . . . y ahora me maravilla . . . pero supongo que mi secreto había estado aguijoneando mi conciencia por tanto tiempo que tenía que revelárselo a alguien . . . y se lo conté todo al Niño de Vallecas: mi pasión por el arte y mis anhelos de pintar. Me escuchó y me sonrió con un gesto de gran compasión, luego sólo me dio palmaditas en la mano con sus deditos retorcidos. Sin embargo, me sentí aliviado y reconfortado.

El Maestro lo había pintado riendo alegremente, pero en esa expresión despreocupada se descubría, irónicamente, la tragedia de ser enano.

Había otros enanos en la corte también. Uno de ellos, cuya estatura no rebasaba el metro del suelo, tenía una larga barba y su semblante era el de un viejo soldado, héroe de mil batallas. Había otro, de semblante pálido y delicado, que estaba a cargo de la biblioteca. Era, en cierta forma, el más digno de compasión, tenía pinta de intelectual y sus ojos, profundos, denotaban fiera inteligencia. Tenía un cuerpecillo menudo y envejecido prematuramente y las manos con las que daba vuelta a las páginas de los libros no eran de mayor tamaño que las del pequeño príncipe. Se llamaba Diego de Acedo si bien el Rey, a menudo y festivamente, le llamaba «primo». Siempre me pregunté por qué. ¿Sería porque los dos tenían el semblante triste y los ojos melancólicos? ¿O sería porque ambos amaban los libros y las estatuas? O, posiblemente, el pobre Diego era en realidad un pariente de Su Majestad. Las familias de la nobleza ocultaban a aquel de sus hijos que naciera deforme o contrahecho, su orgullo les impedía reconocerlos y con frecuencia los daban en custodia a familias pobres que de buen grado aceptaban el estipendio que venía con tan patéticas criaturas. Bueno, nunca lo sabría e iría a mi sepulcro ignorándolo, así como tantas otras cuestiones que poblaban mi mente.

Por algún tiempo resentí la manera meticulosa en que el Maestro pintaba a estos seres patéticos y deformes. Rendía homenaje a la verdad, como él la entendía. Eso me lo había explicado ya muchas veces. Y, sin embargo, a mí me parecía una práctica fría, cruel. Pero años después, cuando contemplaba aquellos cuadros, comprendí lo que había hecho el Maestro, y me di cuenta de que el disimular sus deformidades habría robado al mundo de algo que la verdad le brindaba: eran retratos de almas aprisionadas.

X

En el que confieso

Los aprendices del Maestro iban y venían. Él nunca los buscaba pero a menudo se veía obligado a tomar a algún novato cuyo padre, algún cortesano o un amigo, se lo pedían.

En esos últimos años, después de que Paquita se había casado, el estudio se convirtió en un sitio sombrío y silencioso debido a que el Maestro no tomó aprendices por dos o tres años. Aquellos que solicitaban y eran aptos, a juicio del Maestro, eran enviados a Juan Bautista, el marido de Paquita, sin duda considerando que la joven pareja necesitaba el dinero que pagaban los aprendices por las lecciones o por la venta de cuadros copiados de los originales del Maestro. También creía que Paquita, joven madre de una nenita, requería la compañía de gente joven. Su parto había sido difícil y desde entonces no se sentía bien y tenía momentos de melancolía y lloraba a veces.

Un buen día llegó un joven al patio del palacio montando una mula. Vestía con sencillez una camisa blanca y calzas ceñidas de lana. Calzaba alpargatas atadas a los tobillos con correas de cuero. En la mula venía un atado de ropa, un tapete, una guitarra y arreos de pintura.

—¡Hola!—gritó desde el patio hacia la ventana de donde yo lo contemplaba.—¡Vengo a presentar mis respetos al Maestro Velázquez!

Me apresuré a bajar las escaleras para averiguar sobre su persona y cuando llegué al patio ya había comenzado a descargar la mula, canturreando entretanto una bella melodía. Me detuve sorprendido al ver y escuchar a alguien joven y alegre y reflexioné cuán triste y lúgubre había sido nuestra vida en los últimos años, con Paquita ya casada y lejos de nuestra casa y mi ama pasando la mitad del tiempo en casa de su hija, tratando de reanimarla y de alegrar su vida.

—Yo soy Juan de Pareja, el sirviente del Maestro—le dije—. Y, antes de descargar, mejor asegúrese si puede quedarse.

—¡Oh, claro que me quedaré!—exclamó el joven, seguro de sí—. Tengo cartas de recomendación de viejos amigos del Maestro en Sevilla. Y además, incluso si me rechazan, tendré que darle un descanso a mi bestia de carga. ¡Pobre Rata!—y diciendo esto acarició las narices de la fatigada mula—. ¡Ha venido desde muy lejos y está extenuada!

No pude resistir el sentir simpatía por quien se condolía de los animales. Ése era también mi estilo.

—Iré a preguntar si el Maestro puede atenderle ahora—le dije, y pregunté en seguida—¿Quién le digo que lo busca?

—Bartolomé Esteban Murillo. De Sevilla. ¡Y he venido a ser su aprendiz y a aprender de él, pues es el mejor del mundo!

Era un mozo robusto y de anchas espaldas, de rostro amplio y redondo, de facciones ordinarias excepto por unos grandes ojos castaños. Eran ojos vivos y amables, llenos de buen humor y bondad. Su cabello, reseco por los cierzos del otoño, era de color castaño oscuro, ensortijado, y lo usaba largo pero sin afectación. Seguramente porque carecía de dinero para cortárselo. Sobre el pecho bronceado que se veía bajo el cuello abierto de su camisa ostentaba un crucifijo, pendiente de una correa de cuero negro.

—Lo sigo, señor Pareja—dijo el joven recién llegado—. Quiero recrearme la vista mirando al más grande pintor que ha vivido jamás.

En cuanto a mí, nadie nunca me había llamado «señor Pareja». A los esclavos no se les dirige así la palabra. Demostraba la ignorancia del joven o quizá su preocupación. No dije nada; pronto aprendería. Todos me llamaban Juanico.

—Si tiene usted cartas de recomendación, el Maestro querrá verlo de inmediato—le expliqué—. Venga conmigo.

El recién llegado palmeó su abultada faja para asegurarse que las cartas estaban aún allí, y se apresuró a seguirme. Pero de pronto se detuvo y exclamó:

—Primero he de llevarle agua a mi mula. ¡Pobrecilla, está sedienta!

Fui yo, en persona, a llevarle un cubo lleno de agua. Aproveché para meditar un poco sobre el joven señor Murillo de Sevilla. Comencé a desear que el Maestro aceptara como aprendiz a este joven; empezaba a simpatizarme.

Una vez que la vieja mula Rata hundió su hocico en el cubo de agua y le busqué unos piensos para comer, Bartolomé la amarró en un sitio a la sombra. Luego le tendió en el lomo una manta ligera. Cumplidas estas tareas, se dispuso a seguirme al estudio del Maestro.

Ese mismo día, el Maestro había iniciado un proyecto de pintar en una sala a varias personas que se miraban a través de un espejo. El Maestro estaba ocupado colocando espejos en diferentes sitios y ángulos de luz, luego volvía a su caballete, examinaba las proporciones de cada figura al ser reflejada en los espejos y trazaba algunos bocetos. Era evidente que no estaba satisfecho, y ya había comenzado a borrar algunos trazos con un paño blanco cuando llegamos a la puerta del estudio.

Bartolomé se apresuró a entrar, se arrodilló en una sola pierna, tomó la mano del Maestro, que aún sostenía el paño manchado de carbón, y la presionó contra sus labios.

—Bartolomé Esteban Murillo—se anunció.

Vi que sus ojos oscuros se llenaron de lágrimas de emoción. El Maestro miró al joven arrodillado sin mostrar expresión alguna; no tenía yo indicio de lo que estaba pensando.

—Os habéis llenado la cara de tizne—le dijo. Luego agregó:—Levantáos, joven. Sólo al Rey se ha de besar la mano, y sólo ante él habéis de arrodillaros. ¿Qué es lo que os trae aquí?

Mudo de emoción, Bartolomé se puso de pie, extrajo dos cartas de su faja y las dio al Maestro, quien se limpió cuidadosamente las manos y fue a sentarse a su sillón de cuero, junto a la ventana. Abrió las cartas y las leyó.

—Es bueno recibir noticias de antiguos amigos—dijo volteándose—. ¿Conque vos sois pintor, Murillo?

Bartolomé se santiguó de manera muy natural y contestó:

—Con la gracia de Dios a veces lo hago bastante bien. Pero tengo mucho que aprender y deseo trabajar en vuestro estudio, Maestro.

—¿Trajisteis algo de vuestro trabajo para mostrármelo?

—¡Ciertamente que sí!

Y sin añadir palabra Bartolomé salió a escape escaleras abajo hacia donde había dejado su montón de equipaje, junto a su mula. En un par de minutos estaba de regreso con varios rollos de lienzos y telas. De manera instintiva se colocó en el mejor lugar para desplegar su obra con la mejor luz, y comenzó a desenrollar sus cuadros, uno por uno.

El Maestro estudió cada uno en silencio.

—Pintáis santos y ángeles—le dijo en su acostumbrado tono seco y serio—. Pero pintáis con modelos vivos.

Bartolomé dio un paso adelante, ansioso de dar explicaciones.

—Cristo está en cada uno de nosotros—explicó—. Cuando necesito pintar un santo, encuentro la santidad en casi cada persona que posa para mí. Siempre está ahí. En cuanto a los ángeles, ¡utilizo a los niños! ¡Hay tan poca diferencia entre los ángeles y los niños!

El Maestro estudió la cara de Bartolomé y después, lentamente, vi dibujarse en su rostro una de sus raras y lentas sonrisas en las que sus labios apenas se movían y, en cambio, la sonrisa iluminaba sus ojos profundos y oscuros.

—Juanico, ayuda a Murillo a subir sus cosas y que se instale en el cuartito inmediato al tuyo.

—¡Maestro!—dijo Bartolomé impetuosamente, como para tomar de nuevo su mano y besarla, pero el Maestro la escondió rápidamente, poniéndola a su espalda, y prorrumpió en una alegre carcajada.

—¡Controláos, Murillo! No estoy acostumbrado a tanta adulación. ¡Haréis que me dé vueltas la cabeza!

—¡Perdonadme, Maestro! ¡Es que estoy tan contento, tan feliz!

Y así fue como Bartolomé Esteban Murillo vino a vivir con nosotros, y con él volvieron la alegría, las risas y los cantos a nuestro callado estudio.

Las bromas de Murillo y sus canciones con la guitarra por las noches alegraron mucho la vida de mi ama y cuando estaba en el estudio era un pintor infatigable. Al principio, el Maestro lo puso a copiar algunos de sus muchos cuadros religiosos, pues siempre había pedidos de conventos e iglesias, y nunca se podía dar abasto. Después, poco a poco, Bartolomé comenzó a pintar por su cuenta, cerca del Maestro, quien le sugería y corregía algunas cosas, y, por su parte, Bartolomé escuchaba atento y aprendía. El Maestro reinició la práctica de traer modelos al estudio, en especial niños de la calle, a quienes mi ama procuraba alimentar y vestir, y también ancianos a quienes se les daba alimento y ropa de acuerdo a su edad y necesidades. El Maestro pintaba a estos últimos como a grandes personajes del pasado o como si fueran santos o personajes bíblicos. Murillo, como siempre, veía en ellos la luz de Cristo, pero el Maestro se interesaba en lo que cada uno de estos seres humanos representaba individualmente, lo que los hacía únicos y completamente diferentes de cualquier otro. Era así como encontraba su verdad.

Ahora debo confesar que en esos tiempos felices en los que mi ama presidía el almuerzo y la cena, el Maestro trabajaba todo el día en su estudio junto con Bartolomé Esteban, y Paquita venía a menudo de visita con su hijita regordeta y de oscuros ojos, me entregué de nuevo a mi pasión clandestina por la pintura. Usé los ducados que me había dado el Rey para comprar telas y pinceles, mientras que, Dios me perdone, robaba los colores constantemente. Y proseguí en mi afán porque por fin sentía que en verdad ya estaba progresando en el difícil y exigente arte de la pintura.

Y, ¿por qué no habría de hacerlo? Trabajaba al lado del más grande maestro pintor del mundo, aunque mi obra era invisible para él. Y de Murillo también, si bien pintaba de manera muy diferente al Maestro, pues era por lo general más suave y sentimental, había mucho que aprender. A ambos los copiaba yo cuidadosa y atentamente y comenzaba a elaborar mis propios estudios de color, de luces y sombras, de claroscuros y perspectivas. Todas las personas de esa casa estaban ocupadas y felices y por lo mismo, no estaban alertas a las suspicacias y yo tenía muchas horas libres a mi disposición. Lo que roía mi conciencia y me hacía sentir infeliz era que el Maestro confiaba en mí.

En especial esta situación se agudizaba cuando acompañaba a Murillo a una misa temprana. Él era devoto cristiano, de comunión diaria, y con frecuencia me maravillaba ver cómo esa cara tosca y redonda suya se iluminaba al recibir, con los ojos cerrados, la hostia sagrada y como que Dios le daba un cierto aire de santidad. ¿Y yo? Incapaz de prometer que dejaría de engañar al Maestro, de robar sus colores y de pintar por mi cuenta . . . no podía confesarme y ser absuelto. Avergonzado y culpable me arrodillaba pero no podía recibir la gracia y por ello Murillo, alma buena como era, comenzó a preocuparse por mí.

—Juan, amigo mío—solía decir—¡ve a confesión! ¡Limpia tu alma para que puedas recibir al Señor una vez más! ¡No hay gozo terrenal que se compare!

Nunca me llamaba Juanico como los demás. En labios del Maestro, de mi ama e incluso de Paquita, «Juanico» me sonaba agradable, afectuoso, íntimo y hasta bondadoso. Pero odiaba que otras personas se dirigieran a mí con ese diminutivo, porque era como un trato de desprecio, como a un perro callejero. Pero como esclavo que era no podía esperar que se me llamara señor Pareja. Me estremecía cada vez que un extraño me llamaba Juanico, chasqueando los dedos, y los años nunca suavizaron mi resentimiento. Fingía, cuantas veces podía, no haber oído. Quería a Bartolomé por haber encontrado en su bondad una manera de hablarme tan acertada: «Juan, amigo mío».

—Juan, amigo—me dijo—, si puedo ayudarte, permíteme hacerlo.

—Lo pensaré con cuidado—le prometí.

Y lo estuve pensando. Luché con mi problema. Sin embargo, no llegué hasta el punto de discutir mi situación con él, ni de confesarme. Y era una verdadera tortura porque en cualquier momento podría caer enfermo o sufrir un accidente y en caso de morir tendría que comparecer ante el Supremo Juez con todos mis pecados sobre mi cabeza, sin confesión, sin arrepentimiento y sin expiación.

En aquel entonces estaba tratando de pintar una Virgen, encerrado en mi cuarto. Tal era mi temeridad. Pero sentí una necesidad incontrolable de representar a Nuestra Señora en el lienzo, con el rostro candoroso, tierno y juvenil que tenía cuando el Ángel se le apareció y le dijo:—¡Dios te salve, llena eres de gracia! ¡Bendita tú eres entre todas las mujeres!—, y le reveló que había de ser la madre de Dios.

Había tendido en un bastidor un buen pedazo de lino holandés que bien caro me había costado, y había dibujado la figura de cuerpo completo y con los brazos en actitud modesta de oración. Los ojos bajos y la faz con la seria gravedad de una doncella que escucha nuevas tan trascendentes. Todas las proporciones eran correctas. Todo estaba listo para aplicar las primeras capas de color. Había trabajado en ese cuadro un número considerable de horas.

Por fin me disponía a aplicar el color. Tenía listos dos pinceles. Uno delicado y fino, confeccionado con pelo de ardilla, y otro más grueso y pesado, para los trazos más enérgicos.

Comencé. Había cuidado mucho los trazos de la vestimenta, la forma en que los pliegues de la túnica cubrían los jóvenes miembros, los pliegues de las amplias mangas, lo relativo al tocado y cómo cubría en parte solamente la cabeza de la Virgen. El manto se desdoblaba suavemente sobre los hombros y cubría con delicadeza el busto, mostrando el alto cuello de la túnica. Trabajaba feliz y creí haber captado el estilo que el Maestro tenía para plasmar una chispa de luz donde la tela se plegaba y un indicio de sombra donde caía.

Unos cuantos días después empecé a pintar el rostro de la Virgen. Primero con un fondo de color rosado y pardo, como lo hacía el Maestro, y después, capa tras capa, subiendo de tono cálido los colores hasta que el matiz pleno de la piel del rostro, la tez que lleva carne, venas y sangre que pulsa por dentro, fue lograda con todo su calor viviente. A medida que pintaba, y sobre un trozo de porcelana que me servía de paleta, algunos cambios se fueron suscitando. Mi mano hacía los cambios a la vez que mis ojos miraban atónitos como si hubiera perdido el control de mí mismo por completo. El rostro de la Virgen que yo pintaba se iba oscureciendo paulatinamente y sus facciones se hacían más suaves y redondeadas. La cara se transformaba en la de una muchacha de mi propia raza, con los enormes ojos de un tierno oscuro, apenas asomando el níveo blanco en sus orillas, la nariz ancha con sensitivas aletas cubriendo lateralmente las fosas nasales, los labios carnosos con profundas comisuras. Su cabello, el que asomaba apenas bajo la parte superior del manto que cubría la cabeza, era negro y bien rizado. Había pintado una Madona negra.

Al principio estaba satisfecho, hasta feliz con mi obra. Luego sentí pena, pues parecía que un diablo había guiado mi mano y yo había pintado a Nuestra Señora como una sirvienta negra y así podría exaltarme y protestar que mi raza era la escogida del Señor. Puse la cabeza entre mis manos y rompí a llorar.

Después pensé ¿y no habría sido un ángel el que guiara mi mano a fin de que reconociera plenamente mi error en tratar clandestinamente de ponerme en el mismo plano que el Maestro, de mostrarle que yo era tan capaz como él, tan buen pintor que podría revelar la belleza de mi raza, así como él mostraba la dignidad y el orgullo del español? Estaba yo confuso, no sabía qué hacer y lloraba desconsolado; mi alma estaba atormentada.

Hasta que me acordé de la amistad de Bartolomé, de su bondad y que siempre me había llamado amigo . . .

Un día no mucho después de haber acabado mi cuadro y antes de que hubiera terminado de secarse, el Maestro cayó enfermo con una de esas jaquecas que le aquejaban. Hice todo lo que pude por él, masajes, paños fríos en la frente y té para provocar el sueño. Cuando al fin dormitaba trabajosamente y estaba en vías de mejorar, algo que yo sabía, apagué las velas de su habitación y salí de puntillas. Mi ama entró al cuarto del enfermo a atenderlo y yo estuve libre por varias horas. Entonces fue que tomé la decisión súbita y terminante de pedirle ayuda a Bartolomé. Lo fui a buscar al estudio donde trabajaba en un enorme lienzo poblado de ángeles, nubes y querubines.

—Bartolomé, te necesito. Ven conmigo—le dije en un tono de súplica. De inmediato dejó su paleta, se limpió las manos y se dispuso a seguirme. Lo llevé a mi pequeña habitación y cerré la puerta detrás de nosotros. En cuanto sus ojos se acostumbraron a la penumbra del pequeño recinto, pudo ver mi pintura.

Cautelosamente abrió la puerta un tanto para poder tener mejor luz y apreciar lo que veía y estudió mi pintura con atención unos veinte minutos. Luego la volvió suavemente contra el muro y cerró la puerta.

—Salgamos a un lugar donde podamos hablar con libertad—dijo, y avisó a la cocinera que estaríamos ausentes por una hora, en caso de que el Maestro se despertara y preguntara por alguno de nosotros. En seguida salimos. Una vez fuera de la casa, y de común y mudo acuerdo, tomamos por la callecita que nos llevaba a una iglesia cercana donde solíamos oír misa.

Mirando a su alrededor, como para asegurarse de que nadie nos escuchaba, Bartolomé me estrechó la mano y dijo:

—Es una buena pintura, amigo. ¡Te felicito! Has trazado la figura, los pliegnes, la luz, con toda la destreza de un alumno del Maestro Velázquez! ¿Pero qué te inquieta tanto?

—Es contra la ley que un esclavo, como yo, pinte—le expliqué.

Al oír esto último, dejó caer la quijada y se quedó desconcertado y disgustado.

—Pero, ¿cómo puede ser eso?—protestó.

—Es la ley en España. Los esclavos pueden ser artesanos u operarios, pero no pueden practicar ninguna de las bellas artes. Es por eso que he estado pintando en secreto. He estado copiando la obra del Maestro por años y practicando el dibujo. Todo lo he hecho solo.

—Soy un estúpido—contestó Bartolomé—. Nunca veo más allá de mis narices. Pude haber oído de esa ley pero no lo recuerdo. Yo soy pobre; mi familia nunca tuvo esclavos. Pero, Juan, si nunca has presentado competencia a los hombres libres, ¿cómo puede pensarse que has quebrantado la ley?

En su sencillez, veía el intento como la esencia de la ley y no podía aceptar la idea de que yo hubiera cometido falta alguna.

—Y has estudiado muy bien—continuó—. Yo mismo me enorgullecería de firmar ese cuadro que acabas de mostrarme.

—Siempre has sido amable conmigo. Pero, como verás, yo no puedo confesárselo a un sacerdote, él sólo me exigiría que dejara de pintar, y ¡no puedo, Bartolomé, no puedo!

—Ahora, aguarda un poco—dijo Bartolomé—. Espera un momento. Pensemos esto con cuidado. ¿Acaso es pecado pintar? Yo nunca he oído eso.

—Pero yo soy esclavo.

—¿Y es pecado ser esclavo?

—No. Es una injusticia. Pero yo soy un hombre religioso. No espero la justicia en este mundo, sino en el cielo. Y no soy un esclavo rebelde. Amo al Maestro y a mi ama.

—Eres un buen hombre. No veo que hayas incurrido en falta ninguna. Y cuando te confiesas, ¿el sacerdote te pregunta tu estado social? Acaso te pregunta, ¿eres esclavo? o ¿eres pecador?

—Nunca pregunta eso. Y yo sólo digo que soy pecador. Que he pecado—. Vi a dónde se dirigía con esta discusión y comencé a sentir un débil pero palpitante rayo de esperanza.

—No veo por qué has de confesar que pintas, amigo mío—dijo Bartolomé—, y atiende, yo soy muy escrupuloso. Pintar no es ningún pecado, y nada tiene que ver con que puedas comulgar.

—Pero he robado colores—contesté.

—Bueno, eso sí tendrás que confesarlo, y prometer que no lo harás nunca más. No tendrás que hacerlo porque yo te daré los colores. Así que ¿cuál es el problema? Vamos a buscar un confesor en este preciso instante.

Caminamos de prisa hacia la pequeña iglesia cercana y nos pusimos en la fila para el confesionario. Bartolomé, como era su costumbre, entró de inmediato en extática oración. En cuanto a mí, confiaba en él plenamente. Por supuesto quería creer en lo que me había dicho. Eso, bien lo sabía yo, era parte del problema. Pero también se habían aclarado las cosas en mi mente para concluir que él tenía toda la razón.

Por fin llegó mi turno y me confesé. Expresé que ocasionalmente había sido presa de la ira y de la pereza. Y también que había hurtado pequeñas cantidades de pintura. Y confesé mi peor pecado, el de haber perdido la esperanza del amor de Dios, y que había supuesto, en mi ciego orgullo, que la misericordia y el perdón de Dios, infinitos como son, no llegarían a mí.

El sacerdote me asignó una severa penitencia, me puse de pie y fui a postrarme de nuevo junto a Bartolomé. Él no podría saber nunca el enorme regalo que me había hecho, al saber yo que podía confesarme, y así poder recibir de nuevo a Nuestro Señor. Prometí, de corazón, que le serviría fielmente como lo hacía con el Maestro, en todo mi tiempo libre.

Cuando caminábamos de regreso a casa, Bartolomé dijo de una manera simple, con el rostro radiante de alegría:

—¡Ahora ya puedes comulgar de nuevo, Juan, mi buen amigo! ¡Me alegro por ti!

—¡Ojalá pudiera enseñarle mis pinturas al Maestro!—grité, porque anhelaba que él viera mi obra.

La cara de Bartolomé cambió rápidamente y en ella se mostró la clásica prudencia campesina.

—Si deseas mi consejo, no le muestres tu obra al Maestro. Aún no. Ya llegará el momento . . . Te darás cuenta cuando la ocasión llegue de que le muestres tu obra y le reveles lo que has estado haciendo hasta ahora. Pero . . . todavía no.

—Y ¿crees que ha sido un error pintar a Nuestra Señora como una muchacha negra?—pregunté con humildad.

—¿Por qué?—inquirió Bartolomé—. Nuestro Señor aparece en muchas formas a las amantes almas de los cristianos. Como Niño Jesús, como un anciano bondadoso, a veces incluso como un leproso. Y Nuestra Señora también se puede revelar con el cuerpo de una niña, de una doncella italiana, de una moza española, o una joven de raza negra. Su ternura, su gentileza, su santidad, pueden brillar a través de cualquier forma que ella escoja para albergar su espíritu por el momento. Y además—y al decirlo tornó hacia mí y puso su brazo sobre mi hombro afectuosamente—, las gentiles mujeres de tu raza, amigo Juan, tienen una belleza que Nuestra Señora nunca desdeñaría.

Y así regresamos a casa y desde ese momento fui más feliz y más tolerante. Llegué a ser mejor persona porque Bartolomé me había apartado de las preocupaciones mezquinas y me había señalado el camino de la verdad. Ya no hurtaba colores. Él me los regalaba y también me daba pinceles y lienzos enmarcados.

Servía al Maestro y a mi ama y a Bartolomé y . . . pintaba, pintaba mucho. Sentía que la vida no podía ser más generosa conmigo.

XI

En el que regreso a Italia

Bartolomé estuvo con nosotros por tres años y entonces volvió a Sevilla. Solía escribirnos ocasionalmente. Allí se casó y montó un enorme estudio con muchos aprendices, y se dedicaba a pintar numerosos cuadros de temas religiosos encargados por la Iglesia. Yo pensaba en él a menudo y le deseaba lo mejor, de todo corazón, y le escribía enviándole mi aprecio y mi amistad sincera a pesar de la distancia.

En el año de 1649 el Rey le otorgó al Maestro una nueva comisión para viajar a Italia para coleccionar pinturas y esculturas para el palacio real y los museos. Se hicieron grandes preparativos para este viaje, y ya casi al final, justo antes de partir, tuvimos que efectuar varios cambios de planes repentinamente. El Maestro quería zarpar de Sevilla, pero la peste asolaba esa ciudad y era mejor evadir el peligro. Barcelona estaba en manos de los franceses. Así que finalmente nos trasladamos por tierra a Málaga, donde pudimos embarcarnos.

Era un frío día de invierno a principios del mes de enero y caía una llovizna pertinaz en medio de un ambiente brumoso y triste. Mi pobre Maestro se puso pálido en cuanto pisamos la cubierta que se mecía suavemente en el oleaje del puerto. Recordaba su malestar en aquel primer viaje y ¡ay!, tenía razón de tener miedo respecto al inmediato futuro. Pasamos los cuarenta días más horribles de nuestras vidas en el mar, en esa travesía.

Poco después de salir del puerto nos encontramos de frente con una furiosa tormenta y tan rudamente nos arrojaba de un lado al otro que lo mejor fue atarnos a nuestras literas y así, durante tres espantosos días con sus noches, no nos quedó más remedio que soportar el zarandeo y el agonizante rechinar del bajel. Fueron horas aterradoras en las que la nave parecía querer zozobrar en el mar embravecido y llevarnos con ella y toda la tripulación al fondo del Mediterráneo. Las velas gemían y las cuerdas restallaban en aquel caos húmedo.

Me dolía no poder ayudar al pobre Maestro, estando yo al igual que él tan débil e incapacitado como un gatito mojado; tres días sin apenas comer y sin poder asearnos hasta que lo peor de la tormenta pasó. Aún así, las olas seguían siendo enormes y el temporal no amainaba por completo. El Maestro se levantó como pudo y trató de llegar a su baúl para sacar ropa limpia, pero fue arrojado contra una viga y se lastimó seriamente la mano derecha.

Yo lo cuidé lo mejor que pude, le ayudé a lavarse y vendarse la mano tras de untarle aceites aromáticos en las heridas, pero antes de llegar a Génova se había inflamado gravemente su mano y el dolor era insoportable. El Maestro no hacía más que yacer en su litera, sostenerse la mano con la izquierda y tratar de no gritar de desesperación y dolor. Yo me mantuve alerta para detectar las peligrosas manchas rojas a lo largo de las venas, lo que afortunadamente no se había presentado. Tenía esperanzas de que mejoraría a tiempo.

Llegamos por fin a Génova y en seguida fuimos a un cirujano-barbero, que le apretó la mano con rudeza hasta que el Maestro se desvaneció. Antes de que volviera en sí, yo simplemente lo cargué en hombros y me lo llevé; me temía que el barbero quisiera cortarle la mano al Maestro con un cuchillo para "sacar la mala sangre". Pensé que sería mejor curarle con fomentos en la mano y evitarle una cicatriz. Después de todo, la mano del Maestro valía más que toda la ciudad de Génova.

Así que lo levanté y lo llevé a una cómoda posada en la ciudad. Le puse fomentos calientes de hierbas y óleos todo el día, y una buena alimentación a base de caldos nutritivos, papillas dulces y reconfortantes y un buen vino tinto para mantenerle la fuerza y limpiarle la sangre. Gracias a Dios, el tratamiento que le apliqué fue el correcto, la inflamación cedió, las feas heridas restañaron sin dejar apenas huella y la mano del Maestro cesó de palpitar.

—Podrás pedir de esta mano lo que quieras, Juanico—me dijo sonriente el Maestro al observar su mano sana, restituida su forma y color naturales—, y yo te concederé lo que desees.

Pensé en muchas cosas, pero me pareció una injusticia exigir pago por lo que había hecho como un acto de verdadera devoción de mi parte. Además, siempre que yo había tenido necesidad de algo importante del Maestro, él siempre me lo había concedido. Yo sólo tenía que mencionarlo y se me otorgaba. De manera que le dije:

—Maestro, no os pido nada. Tal vez os lo pida algún día, pero en este momento no hay nada en el mundo que yo desee más que vuestra buena salud. ¡Le doy gracias a Dios que se haya salvado vuestra mano para que podáis pintar cientos de gloriosos cuadros!

Nada dijo, porque por costumbre era un hombre callado, pero pude ver que estaba almacenando mis palabras en su memoria.

En Génova, ya sano el Maestro, visitamos múltiples galerías de arte y colecciones donde seleccionó varios cuadros para el Rey, e hizo los arreglos para que fueran enviados a España en un galeón. Días más tarde comenzamos un viaje por tierra hacia Venecia. Las ciudades en Italia, a diferencia de España, están relativamente cerca unas de otras, a una jornada fácil de camino. Cuando el clima y el estado del tiempo lo permitían, solíamos salir a pie, en las frescas mañanas repletas de rocío, con pan, queso y vino para el almuerzo y con nuestro equipaje en cajas montadas sobre una mula que nos seguía al paso. El Maestro había sido prevenido de que eso era peligroso por la gran cantidad de asaltantes que había por los caminos, pero él replicaba que no llevábamos nada de valor y que, en cuanto a comida, estábamos en la mejor disposición de compartirla con cualquier viajante hambriento con el que nos topáramos. De hecho, nunca fuimos molestados, ni siquiera tuvimos que ser desconfiados, y la gente que encontramos fue gentil y hospitalaria. Eso en el campo, porque en las ciudades descubrimos que mucha gente era malintencionada, sabía que éramos extranjeros y trataba de engañarnos. Pero nunca llevábamos bolsas de dinero, sólo unas cuantas monedas ocultas en la faja o en los zapatos. Además, los banqueros del Rey habían concertado con los prestamistas para que tuviéramos dinero a nuestra llegada a Venecia y a Roma.

Lo que sí llevábamos con nosotros eran lienzos preparados en sus respectivos bastidores, carbones y colores. A menudo el Maestro se detenía para esbozar la luz que en delicados patrones se filtraba entre las ramas de un árbol sin hojas, o el brillo del rocío en un área pantanosa, o bien el resplandor de algún riachuelo que corría entre campos de color parduzco. Era invierno y hacía frío. Una tormenta de nieve sorpresiva nos obligó a permanecer en una vieja ciudad llamada Cremona, y el Maestro se dedicó a buscar a los miembros de una antigua familia de fabricantes de violines famosos. Sabía de ellos por medio de otros viajeros que le hablaron del arte del tallado de la madera y de las fórmulas secretas de barnices que estas familias habían conservado celosamente durante generaciones.

En otra ocasión nos atrapó una tormenta de viento y aguanieve y el Maestro se resfrió seriamente. Su mano de nuevo se le inflamó y le dolía horriblemente. El Maestro se puso febril y no se levantó de la cama. Vi que estaba asustado. Y, ¿por qué no? Su mano era su medio de vida desde joven. Representaba toda la sabiduría, la habilidad y el arte de casi treinta años de trabajo.

Yo hice todo lo que pude para cuidarlo y traté de convencerlo de que consultara a alguno de los hábiles cirujanos italianos, pero les tenía un miedo mortal. Yo estaba desesperado y el Maestro casi no hablaba, sino que yacía en una especie de estupor. Ya no quedaba nada que hacer sino orar.

Así que dejé al Maestro, bien abrigado en su cama y salí a buscar la principal iglesia de la ciudad. Allí me arrodillé ante la imagen de la Virgen y lloré desconsoladamente. Me había contagiado con el temor del Maestro por su mano y no podía soportarlo. Imploré su ayuda divina y prometí que si ella volvía sus ojos misericordiosos sobre el Maestro y lo curaba, yo confesaría mis maldades con mis pinturas secretas, haría todos los desagravios necesarios y sufriría todos los castigos, cuando regresáramos a España.

Nunca supe si fue el efecto de distorsión que mis lágrimas me produjeron o un efecto extraño de la luz invernal que bajaba desde una muy alta ventana o si en efecto había sido un milagro. Pero me pareció que cuando le imploraba a la Virgen el milagro de que sanara la mano del Maestro, ella me sonrió discretamente y me asintió muy levemente con la cabeza. En todo caso lo interpreté como una señal de esperanza y sentí un enorme alivio. Me quedé en la iglesia para rezar el rosario completo con un gran amor y fervor a la Madre de Dios, y en seguida corrí hasta donde estaba el Maestro postrado con honda tristeza y desalentado.

En cuanto entré a la habitación me di cuenta de que el fuego de la chimenea se había apagado y que el frío aumentaba en el lugar. Pedí que me trajeran más madera hasta que por fin pude levantar un restallante fuego, y corrí las cortinas del recinto. Luego bajé a la cocina donde ordené una taza de caldo y un trozo de carne asada a la parrilla para el enfermo. Cuando regresé, el Maestro no se había movido del lecho y me aproximé a tocarlo. Estaba frío; su frente estaba perlada con sudor helado y respiraba profunda y regularmente.

Me quedé contemplándolo y se movió en su cama como quien duerme con plena salud y suspiró profundamente. Sacó la mano enferma, y en cuanto la pude ver, contrastada en el cobertor oscuro, advertí que estaba sana, pálida, delicada y nerviosa, pero sin asomo de inflamación o aspecto rojizo. Hasta los rasguños habían desaparecido, y no había transcurrido una hora desde que lo había dejado con la mano aparentemente envenenada y desahuciada. Era la mano del Maestro, esa maravillosa y creativa mano como siempre había sido. Caí de rodillas al lado del lecho y besé la mano de don Diego Velázquez.

El Maestro despertó y se incorporó en la cama.

—Juanico— exclamó el Maestro viéndome de rodillas —¿qué pasó?

—¡Vuestra mano, Maestro!

Levantó su mano, la movió y rio feliz y aliviado.

—Oh, ¡gracias a Dios!—gritó y yo repetí como un eco:—¡Amén!

El Maestro se levantó alegremente de la cama y comió una opípara cena.

Al día siguiente continuamos nuestro viaje hacia Venecia, pero en un carruaje alquilado y el Maestro, que nunca cantaba, se la pasó todo el camino canturreando o silbando suavemente viejas melodías españolas.

Yo recordaba bien a Venecia y la luz peculiar de aquella ciudad, tan distinta a la del resto de Italia. En la mayor parte de ese bello país, la luz tiene un tinte suavemente dorado, pero en Venecia el tono es un tanto azuloso, es una luz pura y radiante, algo fría, una especie de reflejo del mar.

El Maestro había comenzado de nuevo a pintar, a la vez que cumplía sus numerosos encargos. Pero todo el aterrador episodio del mal de su mano, que era la quintaesencia de su poder y capacidad, y el miedo prolongado que había padecido de perderla le habían afectado profundamente el alma. Se veía nervioso cuando dibujaba y un tanto contrariado cuando tenía que empezar a aplicar color sobre el lienzo. A veces el pincel le temblaba levemente entre los dedos, y esto bastaba para ponerlo de pésimo humor y guardaba silencio durante horas enteras. Empezó a preocuparle si podría volver a pintar retratos. Y esto había sido siempre la base, el sólido fundamento de su arte.

Comenzó el retrato de una dama veneciana pero estaba muy disgustado con la obra; le devolvió el adelanto de ducados que ella le había entregado y le comunicó a la dama que no podría continuar. Destruyó la tela y esa misma noche hizo arreglos para que saliéramos para Roma al día siguiente en un carruaje. El viaje duró varios días y aunque el Maestro miraba intensamente el cambiante paisaje, bello por la llegada de la primavera, en la que vuelven el follaje y las flores a la campiña itálica, él se sostenía la mano derecha con la izquierda y se la frotaba suavemente.

—Siento un cosquilleo en la yema de los dedos, Juanico—me dijo—, y no me gusta nada. ¿Qué haremos si no puedo volver a pintar?

—Dios no os habría atormentado con la molestia y el dolor si no estuviera en sus planes una recompensa—le contesté muy convencido. El Maestro sonrió una de sus finas sonrisas irónicas.

—Confiemos que la recompensa que piensa el Señor sea en esta vida, Juanico. Porque de otro modo pasaremos hambre.

—Yo no me angustio respecto a eso, Maestro, y menos respecto a su pintura.

—Mi bueno y leal Juanico, ya no podré jamás prescindir de ti.

Cuando arribamos a Roma, nos trasladamos a una de las mejores hosterías de la ciudad, y no llevábamos allí un día cuando uno de los grandes de España, casado con una dama romana de la nobleza, insistió en que nos alojáramos en su palacio. Tenía cartas del Rey de España y de miembros de la nobleza hispana, y estaba decidido a que el Maestro se hospedara con él.

Se trataba de don Rodrigo de Foncerrada, de avanzada edad, de porte robusto y de carácter bondadoso. Él y su esposa tenían varias hijas, ya todas casadas y viviendo en sus propias casas, por lo que sobraban habitaciones en su palacio. De modo que ahí nos instalamos y don Rodrigo obsequió al Maestro con todos los honores, y le dio una serie de aposentos, uno de los cuales fue despejado de muebles y usado como estudio. Yo dormía en un catre en la misma habitación que el Maestro para poder atenderle a toda hora.

Era evidente que don Rodrigo y su dama formaban parte del círculo de privilegiados que tenían acceso al Vaticano, a Su Santidad el Papa y a sus cardenales y obispos, y así no pasaron muchos días antes de que se presentara un emisario con obsequios, enhorabuenas y parabienes de parte del Papa Inocencio X, quien invitaba al Maestro a una audiencia especial.

Recuerdo que el Maestro se preparó muy especialmente para esa audiencia. Ayunó, se confesó y comulgó. Tomó un baño y le lavé cuidadosamente su larga cabellera. Vistió, como siempre, de negro, una laudable costumbre española. Don Rodrigo vestía también casi siempre de negro, o de un verde muy oscuro. En cambio, su dama, ya arrugada y faltándole algunos dientes, tenía el pelo pintado de oro metálico y se ataviaba con vestidos de color escarlata, violeta o albaricoque.

El Maestro salió solo para el Vaticano, pero no había dado veinte pasos cuando volvió a buscarme.

—Juanico, ven conmigo. Tendrás que esperar en algún sitio cuando esté en mi audiencia con el Papa, pero tú has estado a mi lado en toda esta travesía por Italia y me gustaría saber que no estarás lejos cuando yo bese el anillo de Su Santidad.

De modo que caminamos juntos por esas calles de Roma donde han pisado innumerables generaciones, desde mucho antes de la llegada de Nuestro Señor. Cruzamos al lado de altas columnas que los romanos habían traído a su ciudad tras de sus conquistas e instalado orgullosos en sus propias plazas para hacer que el pueblo de Roma recordara siempre el poderío de las armas de la gran ciudad. Había múltiples iglesias, edificadas en distintos períodos históricos, y algunas sin terminar. Así llegamos al Tíber, que corría violento y verdoso, aumentado por los deshielos de la primavera. Caminamos un tramo por la orilla del famoso río y dejamos a nuestra derecha el célebre castillo de San Ángelo.

En menos de una hora, puesto que Roma no es una ciudad demasiado extensa, llegamos al impresionante semicírculo que se extiende desde la catedral de San Pedro como un par de enormes brazos. Seguí con el Maestro hasta donde me lo permitieron los guardias, y entonces regresé al gran templo de la cristiandad para orar.

Estuve arrodillado largo tiempo porque tenía mucho que ofrecerle al Creador y le expuse mis muchos pensamientos y mis ideas para que Él las purificara y arrojara de ellas lo inútil y me dejara lo verdaderamente valioso y trascendente. Eso esperaba de la infinita misericordia de Dios. Al levantarme tenía las rodillas entumecidas y me sentí cansado y viejo aunque entonces no contaba cuarenta años. Pero me fortalecieron mis buenos propósitos y estaba en paz, y pude entregarme al placer de pasearme de altar en altar dentro del enorme e impresionante templo.

Me detuve largo rato ante la escultura de la Virgen, que sostiene en brazos a su hijo muerto. La Pietá de Miguel Ángel me emocionó hasta las lágrimas.

El Maestro me dijo que me buscaría en la iglesia después de su audiencia y me encontró frente a la Pietá. No dijo palabra, ni yo tampoco, pero permanecimos allí ambos en silencio maravillándonos. Un rato después, el Maestro me tocó con suavidad el hombro y salimos al brillante sol de la mañana.

—Almorcemos algo— me dijo y nos sentamos en una mesa al aire libre donde nos trajeron vino, aceitunas y un trozo de salchicha condimentada.

—Se me ha pedido que haga un retrato de Su Santidad—dijo de pronto el Maestro, extrayendo un hueso de aceituna de su boca.

—¡Oh, Maestro! ¡Alabado sea Dios! ¡Ahora sí os reconocerán en vuestro verdadero gran valor en toda Italia! ¡Y en todo el mundo!

—Creo que Su Majestad el Rey fue quien lo sugirió. Se arregló esto desde España. Pero no veo mucho entusiasmo en los círculos vaticanos. No aprecian al extranjero por lo general, y a los españoles menos. Debo pintar un retrato soberbio, Juanico.

—Lo haréis, Maestro.

—Quisiera estar tan seguro como tú.

Pidió una canastilla de cerezas. Me ofreció algunas pero me supieron demasiado agrias. Eran las primeras de esa primavera, un tanto pálidas.

—Me inquieta ese retrato. Debo hacer algunos estudios previos. Se hará la primera sesión en un mes. Al decir esto, examinó su mano y flexionó los dedos, mirándolos con un poco de miedo.

—¡Pínteme! ¡Pínteme a mí, Maestro! ¡Un retrato mío!

Había hecho apuntes de mí anteriormente, y había servido de modelo a los aprendices, pero ahora me miraba con ojos distintos, me estudiaba con fría ponderación, con intensidad creativa. Advertí que dibujaba mentalmente mis mejillas redondas y llenas, mi nariz y labios gruesos, la línea de mi barba y bigote, mis ojos.

—Ven—me dijo, apartando vino y frutas—.Compraremos una tela preparada. Claro que te pintaré, Juanico. Eres leal, ingenioso y bueno. Además, tienes orgullo y dignidad. Que Dios guíe mi mano.

XII

En el que se pinta mi retrato

Había una enorme ventana del lado norte de la habitación que empleábamos como estudio, a través de la cual entraba a raudales una luz clara, sin sombras, todo el día.

El Maestro me dijo que me vistiera como de ordinario, con mi traje de todos los días y sólo me dio para que me pusiera un gran cuello blanco, de encaje grueso y puntas grandes (que le pertenecía a él) para hacer resaltar mi sombrío traje y mi tez morena.

Me situó frente a él y me ordenó mirarlo directamente. A la vez, me abrochó el manto para que cayera naturalmente sobre mi hombro izquierdo.

Era una pose fácil. Yo había posado ante sus aprendices en el estudio, y había tenido que adoptar posturas que fatigaban mucho y me alegraba cuando terminaban. Pero en esta ocasión sólo estaba ahí, de pie. La expresión era lo más difícil de recordar. El Maestro quería que le mirara como si fuera un extraño, un transeúnte, una simple persona desconocida. Quería esa mirada de dignidad, con un asomo de cautela y reserva.

Trabajábamos regularmente muchos días seguidos, mientras hubiera luz, y pronto me acostumbré a adoptar la misma pose, corregida ocasionalmente por el Maestro con un ademán hacia la izquierda o la derecha, y también aprendí a asumir permanentemente la misma emoción dentro de mí que él quería que mostrara mi rostro.

Al segundo día comenzó a aplicar los colores. Y, como era su costumbre, todos los días cubría su cuadro con un paño y jamás permitía que el modelo viera lo que estaba haciendo. Al cuarto día me llamó para permitirme mirar.

Y ahí me instalé, frente a mí mismo, como en un espejo. Poniendo aparte el parecido, que era sorprendente (el Maestro no tenía parangón en eso), la composición era armoniosa e impresionante, muy al estilo español, y además había un fulgor dorado en torno a mi cabeza y en mi piel, algo indescriptible en su contenido interno. Parecía como si el Maestro hubiera pintado lo que se ve afuera y también todo lo que había en el interior de la persona . . . mis más íntimos pensamientos.

—Maestro, ¡no porque lo diga vuestro Juanico, pero creo que es lo mejor que habéis pintado! ¡Me veo y advierto hasta lo que estoy pensando!

El Maestro me entregó sus pinceles y me dijo suavemente:

—Estoy contento— y eso fue todo. Me llevé los pinceles para lavarlos y mientras preparaba el agua con jabón para hacerlo, empecé a desarrollar una audaz idea que había tenido hacía varios días.

Sabía y había confirmado por los rumores que había escuchado, así como por los comentarios del Maestro, que había intrigas en la corte del Vaticano, como en todas las cortes europeas y, sin duda, en todo el mundo. Los humanos son iguales en esto en todas partes y los italianos se creían los únicos artistas en Europa. No les había sentado bien el hecho de que un español hubiera sido escogido para pintar el retrato de Su Santidad el Papa. No se nos había escapado, ni a mí ni al Maestro, que no hubo ningún miembro de la nobleza romana que se acercara al Maestro para comisionarle un retrato. Yo pensaba avergonzarlos por eso, y pronto.

En cuanto mi retrato estuvo lo suficiente seco como para cargarlo, puse mi plan en acción. Me había agenciado los nombres de unos diez de los grandes mecenas de la pintura en Roma. Esperé una mañana en que el Maestro no me necesitara por estar demasiado atareado en sus ocupaciones y me diera algún tiempo libre. Pronto llegó tal día, y salí a poner en práctica mi idea. Tomé la pintura, cubriéndola cuidadosamente para protegerla del polvo o de algún incidente en el camino y me dirigí al palacete en el que vivía el Duque de Ponti.

Ya en el sitio, un mayordomo arrogante y petulante me preguntó en la puerta que cuál era mi asunto en esa casa y le contesté que tenía que hablar con el duque,

que tenía un mensaje para él de don Diego Rodríguez de Silva y Velázquez quien ya estaba comprometido para pintar un retrato de Su Santidad. Pensé que con esa argucia me franquearían la puerta y así fue. Se me abrió la principal y a través de varios pasillos fui llevado ante la presencia del duque en persona. Estaba en una silla reclinable con un delantal sobre el pecho. Un barbero le cortaba y le peinaba su cabellera.

Me mantuve en pie en el quicio de la puerta hasta que el duque gritó:

—¡Entrad, entrad! ¿Cuál es el mensaje, eh?

Esperé hasta que empujó al barbero a un lado y enfadado se me encaró expectante. Entonces le dije:

—Tengo entendido que tenéis interés en los retratos, Excelencia, y pensé que tal vez estaríais interesado en contemplar este que aquí traigo.

Descubrí el cuadro con un ademán dramático y lo coloqué junto a mi persona. Había tomado el cuidado de vestir exactamente como el Maestro me había pintado, con el collar blanco y el traje oscuro. Escuché que el noble italiano soltó un gemido ahogado de admiración.

—¡Por Baco! ¡*Ése* sí es un retrato! —exclamó.

—Ésta es una obra pintada rápidamente por mi amo, en unos cuantos días, y solamente para relajarse— le informé orgulloso—. Él es el más grande retratista de Europa.

El duque se incorporó, chistó audiblemente con los labios en señal de disgusto y daba muestras de estar muy enfadado.

—Estoy de acuerdo—dijo finalmente y a regañadientes—. Sí que es el mejor. Muchacho, ¿cómo te llamas?

—Juan de Pareja.

—Me gustaría que llevaras ese retrato a mostrárselo a un amigo mío. ¿Lo harás? De repente, tras haber dicho esto, echó la cabeza hacia atrás y prorrumpió en una carcajada.

—¡No, espera! Me gustaría cruzar una apuesta con él primero; necesito cincuenta ducados. No. Ven aquí mañana a la misma hora y con el retrato.

—No me interesan las apuestas de Su Excelencia— contesté con dignidad—, sino asegurar encargos y reconocimiento para mi amo.

El duque me miró fijamente, luego rio de nuevo y se encogió de hombros.

—Sea. Obtendréis encargos de sobra, os lo aseguro. Pero puedo advertir ese orgullo hispano indomable tanto en el amo como en el esclavo. Sois todos iguales. Y seré yo mismo quien le ofrezca al Maestro Velázquez un encargo para un retrato. Lo buscaré esta misma tarde para pedirle un retrato de mi esposa. Y ahora, ¿vendrás tú por la mañana como te lo he pedido?

—Vendré.

Regresé al palacio donde vivíamos, y estaba muy contento conmigo mismo.

Esa misma tarde, el Duque de Ponti llegó al palacio, ataviado con un lujoso traje de brocado de seda color violeta con pasamanería de oro y zapatos negros con hebillas doradas. Se tocaba con un amplio chambergo adornado con una pluma verde. Se descubrió con un amplio y cortesano ademán haciendo una profunda reverencia. El Maestro, vestido de sombrío color negro y de aspecto pálido y delgado, lo recibió con grave cortesía y, tras de haber bebido vino en un brindis, accedió a pintar el retrato de la duquesa. El duque no dijo nada de mí y mi retrato, ni yo tampoco.

Sin embargo, a la mañana siguiente, cumplí mi promesa. Con el duque estaba un italiano robusto, de ojos de verde muy pálido, que tenía el repulsivo hábito de tomarse el labio superior de la boca con los dedos de la mano, tirar del mismo y soltarlo de manera que sonara como una rana saltando a un charco.

La apuesta estaba hecha, era evidente. Un retrato del obeso amigo del conde estaba junto a él y pude verlo de reojo. Era de estilo amanerado, con facciones suavizadas y embellecidas artificiosamente, y todos los colores eran paliduchos. Me di una idea de por qué se me había convocado a esa reunión y por ello esperé a que el duque me pidiera descubrir mi retrato de nuevo.

Ya había yo adquirido experiencia en materia de buscar el mejor ángulo para los efectos de luz sobre un cuadro y escogí el sitio más adecuado. Me aposté en un rincón del salón con el retrato junto a mí. Llegó el momento y descubrí el cuadro. El sujeto obeso tiró de su labio inferior y de mala gana le arrojó una bolsa de ducados al duque, quien extrajo uno y me lo arrojó como una especie de comisión. Pero como el Maestro me mantenía más que adecuadamente y me daba el dinero necesario, dejé que el ducado cayera al suelo y no me incliné a recogerlo.

—Vamos, Juan, acepta el ducado como un regalo— dijo el duque.

—Me dará gusto aceptarlo como tal cuando como tal se me dé— le contesté.

He de decir en honor del Duque de Ponti que se acercó, recogió la moneda y me la ofreció con una reverencia.

Al salir, escuché que el hombre obeso pedía la dirección del Maestro, y supe que un nuevo encargo se gestaba.

De esa manera, habiendo yo visitado a unos siete u ocho miembros de la rica nobleza romana, el Maestro recibió encargos suficientes para mantenerlo ocupado por un año, por lo menos. Y mejor aún, yo sabía que esas personas se dedicarían a elogiar y defender al Maestro ante quienes quisieran excluir al gran pintor español de los más altos círculos de Roma. Para honra de estos italianos de alcurnia, debo agregar que, una vez convencidos, eran de lo más generosos, galantes y aduladores con el Maestro, a quien nunca le había gustado la compañía de gente demasiado aduladora. Él siempre había exigido honor para el artista pero ahora habían hecho de él un ídolo, y eso no le agradaba.

No obstante, pronto estuvo inmerso en el retrato de Su Santidad y se olvidó de todo lo demás, aunque cumplía meticulosamente con sus otros encargos cuando no estaba ocupado con el Papa. Había olvidado el período de angustia por la lesión de su mano, la cual era ahora tan maestra y habilidosa como siempre lo había sido.

Cuando al fin trajo al palacio donde vivíamos los primeros apuntes de su retrato del Papa, antes de iniciar la obra final en un lienzo grande, pude estudiarlos cuidadosamente. Los estudios de la cabeza del Pontífice lo revelaban como un hombre de carácter fuerte y poderoso, el rostro era cruel, incluso un poco malvado a mi parecer. Pero reservé mi opinión; no cabía duda de que el Papa, teniendo que reinar sobre tantos grupos y personas rebeldes y poderosas, requería algo más que percepciones celestiales para hacerlo.

Al iniciar el Maestro su obra final en serio, me llevó con él, como era de costumbre, para llevar los colores, cambiar pinceles y efectuar toda otra labor que se requiriera cuando él trabajaba intensamente. Vi progresar la obra y pude advertir, desde el principio, que éste sería el más grande retrato salido de la mano del Maestro. Los magníficos óleos de nuestro Rey, excelentes como eran, sólo mostraban la tristeza, la reserva y la nobleza de Su Majestad, mientras que el Papa era un hombre en cuyos ojos destellaban mil ideas sutiles constantemente.

A medida que progresaba el trabajo, me angustié un tanto por mi amo, pues la cara del Pontífice iba resaltando cada vez más de la tela, aguda, llena de ambición, sin duda el rostro de un hombre difícil de tratar. ¿Acaso podría ser así? Quizás. El Maestro mismo me impartió una lección al respecto.

Caminábamos de regreso del Vaticano una tarde, después que el Papa había posado, y el Maestro estaba de buen humor. Silbaba quedamente y me animé a hacerle una pregunta.

—Maestro, ¿no creéis que Su Santidad se ofenda cuando vea que lo habéis pintado de tal manera?

—¿Ofendido porque lo muestro tal cual es? No es una cara de aspecto agradable, ni siquiera misericordiosa. ¿Es eso a lo que te refieres, Juanico?

—Sí.

—Bien, pues se verá a sí mismo y él está acostumbrado a sí mismo. Verá lo que mira todos los días en el espejo. Más bien creo que es lo suficiente hombre para complacerse en que lo muestre rudo y fuerte, como es. Se ve que no tolera la debilidad en nadie, y menos en un retrato suyo. Porque a todos nos agrada nuestro propio rostro, Juanico, sin importar lo que les parezca a otros. Incluso a mí.

En todo caso, el retrato del pontífice fue un éxito resonante. Casi de inmediato tuvo que pintar el retrato de un sobrino del Papa, el Cardenal Pamphili, un hombre de sorprendente elegancia, y antes de que partiéramos de Roma, había pintado muchos más.

Se acercaba la navidad y el Maestro puso fin a su trabajo con la conclusión de los encargos pendientes y dio inicio a los preparativos para retornar a casa.

Nuestro viaje de regreso no fue agradable, pero no fue tan malo. No tuvimos tormentas e incluso en las travesías por tierra no hubo un frío demasiado crudo. Nos alegramos infinito de ver las caras felices de nuestros seres queridos. Doña Paquita con su hija, ya más crecida, don Juan Bautista del Mazo y mi ama, la esposa del Maestro, nos dieron la bienvenida y entre abrazos, llantos y risas nadie quedó excluido, ni siquiera yo, y me agradó ver que también a mí se me había echado de menos. Ahora que el Maestro y yo habíamos regresado, nuestra vida volvería a tomar su curso, el sabor de antes.

No había pasado una semana y ya el Maestro y yo caminábamos por las mismas calles hacia el estudio en el palacio, donde una vez más se instaló toda la obra del Maestro. Era costumbre establecida que las pinturas se apilaran, vueltas hacia la pared, para que el Rey, cuando lo quisiera, pudiera entrar, voltear hacia la luz algún cuadro y sentarse a verlo con serenidad y gusto.

Le había ordenado al Maestro que no detuviera su trabajo para hacer reverencias o esperar órdenes del Rey. Ya estábamos preparados para estas visitas informales de Su Majestad, que eran frecuentes.

El Maestro fue llamado a la sala del trono para dar razón y cuenta de su viaje y de sus adquisiciones. Después se ofrecería un banquete de estado para darle la bienvenida de regreso a la corte.

Para mí, el regreso a casa fue feliz, pero también profundamente perturbador, porque mi ama había adquirido una nueva esclava mientras yo estaba en Italia. Era una joven llamada Lolis y se encargaba de la cocina, de la alacena y los mandados y de atender a mi ama, que tenía problemas con una tos persistente, fiebres nocturnas y debilidad general, por lo que ya no podía atender su hogar. Lolis era una mujer callada de mi raza y atendía sus quehaceres silenciosamente. Nunca inició una conversación conmigo, pero cuando comíamos en la cocina comencé a interrogarla para saber de su vida pasada y de su persona. Su voz, cuando me contestaba, me fascinaba. Era una voz grave, profunda, de suavidad aterciopelada pero que con todo tenía asombrosa sonoridad. No era bella, como recordaba que había sido Miri, tan espigada y esbelta. Lolis era fornida y de aspecto robusto. Además, tenía gracia y fuerza. Tampoco daba, como Miri, la impresión de ser débil y de carácter suave. Lolis era taciturna y reservada pero de carácter firme y enérgico. Sabía controlarse cuando debía pero explotaba furiosa contra un objeto inanimado cuando estaba enfadada y entonces sus ojos eran brasas de ámbar y su piel morena palidecía de rabia.

—Pertenecí a la Duquesa de Mancera; la atendí como enfermera durante su última enfermedad y agonía— me reveló Lolis —. Aquella dama era amiga de tu ama. Al morir ella y estar el duque arreglando los asuntos de su casa y de su segundo matrimonio, me consideró demasiado joven y demasiado . . . digamos perturbadora . . . para su joven segunda esposa. No quería nada que le recordara a la primera duquesa. Viejo cerdo vanidoso que es.

Pero luego riendo agregó:

—Lo perdono porque me recomendó a tu ama y ella me compró. Ahora la cuidaré hasta que muera. Y después . . .

—¿Qué quieres decir?—pregunté alarmado.—¿Está seriamente enferma mi ama?

Lolis me miró compasivamente y en seguida se encogió de hombros.

—Ella no lo sabe todavía. Pero la muerte ya le ha puesto el ojo encima.

—Oh—gemí ahogadamente, sintiendo que las lágrimas acudían a mis ojos.—¿Qué hará el Maestro cuando mi ama muera?

—Lo que hacen todos— contestó con cinismo Lolis—. Casarse de nuevo en cuanto pueda.

—El Maestro es diferente— le contesté.

Se puso de pie, y me miró tristemente.

—Veo que tú amas a estas personas blancas— dijo ella entonces—. Yo no.

—Han sido buenas conmigo.

Iba a comenzar a hablar de nuevo y palideció como cuando se enojaba, pero se contuvo y me dijo en tono suave y conciliador:

—No te veo amargado y rebelde, como yo soy— murmuró.

Y luego tras unos segundos de meditación agregó:

—Es muy difícil ser así, es difícil ocultar tus verdaderos sentimientos y esperar, siempre esperar. Pero tú eres un buen hombre. Sé feliz.

—¿Sabes mucho de enfermedades ... y de muerte?—le pregunté, pensando en mi ama.

—Bastante. Mi madre me enseñó muchas cosas. Me enseñó a decir la buena fortuna ... a predecir el futuro también.—Esto último lo dijo de buen talante en uno de sus súbitos cambios de humor—. ¡Ven, déjame ver tu mano!

Lolis puso la suya sobre la mesa. Era una mano grande, de largos y fuertes dedos. Estaba su mano muy limpia y suave. Yo no me atreví en ese momento a poner mi mano, grande y manchada de pintura, sobre la suya.

—¡Bueno, entonces no lo hagas!—me gritó malhumorada, pero no estaba enfadada—. Aún sin ver la palma de tu mano, puedo vislumbrar tu futuro.

Otro día me persuadió, diciendo:

—Déjame ver tu mano, Juan. Anda.

Puse al fin mi mano con la palma hacia arriba sobre la mesa y Lolis la estudió largo rato y frunció el entrecejo entre sus dos pobladas cejas.

—Habrás de otorgar un título a alguien cuando ya haya muerto—. Esto me lo dijo en tono vacilante, como intrigada—. Y tú también serás cubierto de honores, pero cuando ya estés en el sepulcro.

—Aaah—gemí de incertidumbre—. No me gustan tus predicciones.

Lolis se me quedó mirando con fijeza y asombro.

—Es verdaderamente extraño—murmuró—. Tu futuro es suave y gris, pero cuando estés muerto será dorado.

Lolis vaticinaba el futuro a menudo, según me dijo, como si una cortina se desenrollara frente a sus ojos, y en ella viera el porvenir.

Un día se acercó a mí en el estudio donde yo tensaba unas telas en sus bastidores y el Maestro estaba ausente en audiencia con el Rey.

—Ha sucedido de nuevo—exclamó con una mezcla de gozo y emoción.

—Pero ¿qué?

—La cortina se corrió frente a mí y pude ver.

—¿Algo bueno? Te ves contenta.

Se rio de mí y posó sus negros ojos en mi persona y pude ver alegría y travesura en su mirada . . . y algo más . . . en su expresión.

—Sí. Algo bueno—dijo.

Parecía más alegre que de costumbre, menos propensa a sus arranques de cólera y mal humor. Además, a medida que mi ama se iba debilitando, Lolis era más tierna con ella. Creo que comenzó a quererla de verdad.

En cuanto a mí, el amor había llegado y florecido en mi corazón. Lolis no era gentil y dulce como mi madre, ni tampoco enternecedoramente delicada y bella como Miri. Tenía su propio carácter y cambiaba a menudo de maquillaje. Me fascinaba y yo añoraba oír su suave caminar o escuchar su reír profundo y sonoro, y también que me tocara o me diera un pellizco al pasar yendo a sus quehaceres.

En Italia, el Maestro me había prometido solemnemente que me daría lo que le pidiera, cuando vio que yo le curé la mano. Yo sabía que era Dios, y no yo, quien lo había curado. Pero había llegado la hora de pedirle algo. Le pediría que me diera a Lolis por esposa.

Pero antes yo tenía que cumplir mi promesa con Nuestra Señora, y ya había pensado cómo hacerlo.

XIII

En el que se me da la libertad

El Rey tenía la costumbre de venir a menudo a horas irregulares a pasar un rato en el estudio.

—No habéis de mirarme como vuestro soberano más que cuando os hable—le dijo al Maestro—, deseo poder entrar y salir calladamente, sin ninguna formalidad, o poder sentarme a contemplar alguna pintura de mi elección y así sentirme en paz. Había ordenado también que yo no debía "verlo" tampoco, a menos que hablara, cuando viniera sin escolta.

—Deseo pasar cierto tiempo en una "invisibilidad" absoluta— nos dijo sonriendo.

Así que en el estudio siempre había vino y algo de comer a su disposición y una poltrona para que estuviera cómodo. Su hora acostumbrada para hacer su aparición era a la caída de la tarde, antes de que tuviera que vestirse para alguna ceremonia.

Hace mucho tiempo escuché que alguien del cortejo de Rubens había dicho que la corte española era la más rígida y aburrida de toda Europa. Estoy seguro que Su Majestad la encontraba así, pero él no sabía qué hacer al respecto.

De manera que se escapaba y, sentado en su poltrona, sorbiendo su vino, contemplaba alguna pintura del Maestro de las que estaban apiladas junto a las paredes para ese propósito, situando el cuadro a cierta distancia de sí.

Yo había pintado en secreto una tela de buen tamaño. En aquellos días el Maestro pasaba mucho tiempo atendiendo a mi ama en su habitación donde ella pasaba muchas horas en reposo. Se sentía sola y buscaba la compañía y la charla de su esposo.

El tema de mi cuadro eran los lebreles del Rey, los que habían sido sus favoritos, puesto que ya todos habían muerto para entonces. Pero yo sabía que los reconocería.

Eran tres canes, incluyendo al Corso, tendidos en el claro de algún bosque. Un rayo de luz penetraba entre las ramas y caía directamente sobre ellos. Uno de los perros miraba directamente al frente con la larga lengua colgando del hocico y los negros labios torcidos en una sonrisa. Otro can miraba a lo lejos con las orejas erguidas y el tercero dormía con el hocico cubierto con las patas. Los había reproducido con gran fidelidad de algunos cuadros del Maestro y el fondo lo había ideado con el mayor talento artístico de que era capaz.

Habiendo recibido la comunión y habiéndome encomendado a Nuestra Señora, llevé el cuadro y lo coloqué entre los que el Maestro apilaba contra la pared esperando ser escudriñados por el Rey. Entonces, tembloroso y asustado, me dispuse a aguardar la hora de mi confesión.

Pasaron varios días. El monarca se ausentó por estar indispuesto.

El Maestro pintaba en esos días otro de sus cuadros con espejos, y se ocupaba de situarlos en diversos sitios y ángulos, cambiándolos muy a menudo en busca de mejores efectos y reflejos; no se ocupaba de mí ni notaba mi nerviosismo.

Pero finalmente sonó mi hora.

Era el final de la tarde. El Maestro no pintaba, sino que sentado ante su escritorio arreglaba unas cuentas y redactaba cartas a Flandes, para pedir algunos de sus pigmentos. La puerta del estudio se abrió con suavidad y entró el Rey, siempre en su talante apologético e incierto. Vestía como para una ceremonia en la corte: zapato de ante negro y medias largas, negras, pantalones de terciopelo negro, pero en vez de la casaca, sólo llevaba una camisa de fino algodón blanco y se cubría con una bata de brocado de seda verde oscuro. Supuse que después de contemplar algún cuadro regresaría a sus habitaciones, pondría la bata en el perchero, llamaría al barbero para que lo afeitara y le peinara el cabello y el bigote y luego se pondría la casaca negra de ceremonia rematada con una enorme gola de lino almidonado y plisado.

Se arrellanó en su poltrona, estirando las largas piernas hacia adelante, y soltó un largo suspiro. Sonrió amablemente al Maestro, quien hizo lo mismo y volvió a ocuparse de sus papeles y cuentas.

Al cabo de un rato, el Rey se levantó de su asiento y se acercó a la pared. Titubeó un momento y luego seleccionó un cuadro y lo volvió hacia él. Era mi cuadro. En la semioscuridad del crepúsculo, los canes se distinguían contra el fondo oscuro del cuadro, el sol hacía relucir sus pieles y había fulgores en los amorosos ojos caninos. El monarca se quedó pasmado; nunca había visto ese cuadro y pude advertir que su mente, siempre algo lenta y cautelosa, trataba de adaptarse a las circunstancias y a ver retratados a sus perros favoritos.

Yo me arrojé de rodillas ante el Rey.

—Imploro misericordia, señor—exclamé—.La pintura es mía. He estado pintando en secreto todos estos años, con trozos de telas y colores, copiando las obras del Maestro para aprender de ellas e intentando temas por mi cuenta. Sé muy bien que esto infringe las ordenanzas reales. Pero el Maestro jamás lo sospechó y en nada es culpable . . . de mi traición. Yo estoy dispuesto a arrostrar las consecuencias y sufrir cualquier castigo.

Permanecí de rodillas, rogando a la Virgen que no olvidara mi promesa y pidiendo su protección y perdón. Abrí los ojos y vi los pies del Rey dando pasos indecisos sobre el tapete. Era evidente que no sabía qué contestar en caso tan insólito. Luego aclaró su garganta y respiró profundo. Sus pies calzados de negro ante permanecieron quietos.

—¿Qué haremos . . . con . . . con este . . . esclavo . . . desobediente?—dijo con su voz ceceante y algo tartamuda, dirigiéndose al Maestro.

Aún de rodillas, vi los pies pequeños del Maestro, calzados con zapatillas de cordobán negro, acercarse y situarse ante el cuadro. Lo estudió en silencio mientras el Rey aguardaba.

Entonces habló el Maestro:

—¿Tengo la venia de Vuestra Majestad para escribir una carta urgente antes de decidir?

—La tenéis, Maestro—dijo el monarca.

El Maestro regresó a su escritorio y escuché que su pluma garabateaba impaciente sobre el papel. El Rey regresó a su poltrona y se dejó caer en ella. Yo permanecí de hinojos, rezando con toda mi fe.

El Maestro se levantó de su escritorio y vi que sus pies se dirigían hacia mí.

—Levántate, Juan— dijo. Luego me ayudó a incorporarme sosteniéndome de un codo. Me miraba con el bondadoso afecto que siempre me había dispensado.

Tomó entonces mi mano derecha y me entregó una carta. Desde aquel día he llevado esa carta cosida a mi camisa dentro de un sobre de seda. La carta decía:

A Quien Pueda Interesar

Por medio de la presente le doy a mi esclavo Juan de Pareja su completa libertad. Tendrá desde la fecha todos los honores y derechos de un hombre libre. Agrego que aquí mismo lo nombro mi asistente, con los derechos y sueldo correspondientes.

Diego Rodríguez de Silva y Velázquez

El Maestro tomó la carta suavemente de mis manos, una vez que yo la había leído, y la llevó al Rey, quien leyéndola sonrió muy complacido. Era la primera vez en tantos años que veía sonreír a Su Majestad. Sus dientes eran pequeños y torcidos, pero esa sonrisa era la más bella que yo había visto nunca.

Se me devolvió la carta y me quedé allí mudo, llorando lágrimas de dicha.

—¿Decía Su Majestad algo respecto a algún esclavo?—interrogó suavemente el Maestro—. Yo no tengo esclavos.

Me arrodillé ante él y tomé su mano para besarla.

—No, no—exclamó el Maestro, retirando su mano rápidamente—. No me debes gratitud alguna, mi buen amigo. Por el contrario, me avergüenzo de que, por mi preocupación egoísta, no te otorgué lo que hace mucho tiempo merecías y sé perfectamente que complementarás con tus muchas virtudes. Serás mi asistente si así lo deseas, y mi amigo siempre.

—Estoy complacido—dijo el Rey, levantándose. Ya en la puerta, se volvió hacia nosotros y repitió:

—Estoy complacido.

El Maestro y yo nos inclinamos reverentes, viendo al Rey alejarse por el corredor con la bata de brocado oscuro ondeando a sus espaldas.

—Pongamos nuestras cosas en orden, Juan (ya nunca más me llamó Juanico), y vámonos a casa. Mi esposa se angustia cuando no paso más tiempo a su lado y, además, estoy fatigado.

—Como vuestro asistente, Maestro. . .

—Ya no tienes que decirme amo, ni Maestro. Dime Diego.

—No puedo. Seguís siendo mi Maestro como lo fuisteis para los aprendices y para los otros pintores. ¿Maestro significa mentor, verdad?

—Así es.

—Nunca me avergoncé de deciros Maestro, y no me avergüenzo ahora. Siempre os trataré con el respeto que lleva ese título.

—Como te plazca.

Caminábamos por las calles de Madrid rumbo a casa. Yo daba cada paso con nuevos bríos y con una nueva dicha en el corazón, puesto que caminaba junto a mi Maestro como un hombre libre.

—Pero, Maestro—dije mientras cruzábamos la Plaza Mayor—estabais equivocado al decir que no teníais ningún esclavo. Ahí está Lolis.

—Lolis pertenece a mi esposa— me contestó.

Yo estaba decidido a que ese día fuera el más radiante de mi vida y que permaneciera para siempre en mi memoria.

—Maestro, cuando estábamos en Italia me dijisteis que podía pedir cualquier cosa de esta mano (y aproveché para tomar ligeramente su mano derecha), y que vos me lo concederíais. Hoy ya sé qué es lo que deseo pedir.

Se detuvo en el centro de la plaza que en ese instante cruzábamos en momentos en que el sol poniente iluminaba de oro viejo todo el sitio:

—Y lo que quieres es a Lolis— comentó, sonriendo.

—Deseo casarme con ella, si ella acepta.

—Hablaré con mi esposa. No veo razón por la que no podáis casaros si eso es lo que deseáis—. Dicho esto, continuamos caminando en silencio.

Dentro de nuestra casa, donde yo también había vivido durante tantos años con paz en mi mente y en mi espíritu, aún siendo yo un esclavo entonces, ahora todo me parecía nuevo. Los corredores, que fueron siempre parte de mi vida cotidiana, el mobiliario pesado y oscuro, el crucifijo de tamaño natural, al pie del cual ardía permanentemente una vela votiva dentro de una vasija de cristal rojo que le daba al Cristo por las noches un aire de misterio y poder, las pesadas cortinas de terciopelo rojo oscuro que se cerraban por la tarde para impedir la entrada de las miasmas y los malos aires durante la noche, todo aquello me era querido y conocido, pero ahora todo era, a la vez, nuevo . . . y de fresca presencia en mí.

No bien habíamos entrado a la sala principal de la casa cuando Lolis corrió hacia nosotros con el índice sobre sus labios gruesos.

La señora ha estado muy enferma hoy—susurró muy quedamente—, y apenas he logrado que se duerma.

—No subiré entonces —dijo el Maestro—. Lolis, tráenos algún vino y unas nueces.

Entramos al comedor. En muchas ocasiones Paquita venía con su hijita, pero ese día todo estaba quieto y callado. Bebimos el vino y comimos las nueces, pero pude notar que el Maestro estaba preocupado y yo sabía por qué. La señora estaba más y más enferma cada día, y a veces lloraba durante las noches.

Más tarde, cuando entré a la cocina, Lolis se acercó y puso su cabeza en mi hombro. No lloraba; para eso soy muy sensible y jamás había visto ni un vestigio de lágrimas en sus ojos, pero suspiró profundamente.

—Mi pobre señora—musitó triste—. He llegado a quererla, Juan. Pero ya pronto tendremos que administrarle opio para aliviarle los horribles paroxismos de tos. El Rey puede conseguirlo para el Maestro.

Serán tiempos muy difíciles de ahora en adelante, Juan, hasta que Dios se acuerde de ella.

Sin embargo, como sucede a veces, mi ama se repuso con sorprendente rapidez unos días después. Se levantó, se vistió y empezó a comer las delicias que le preparaba Lolis. A la segunda noche bajó al comedor para la cena, sonrió y parecía muy feliz sentada al lado del Maestro. Comió con muy buen apetito y no tosió ni una sola vez.

El Maestro me lanzó una mirada significativa y pude leer su intención en sus ojos. Dirigiéndose a mi ama le dijo:

—Mi vida, le he dado a nuestro buen amigo Juan su libertad. Ahora es mi asistente. Juan me quitará muchas tareas de encima y yo podré descansar más y estar contigo más tiempo. Sé que has estado muy sola, con nuestra hija casada y viviendo con su marido.

—Ah, sí—exclamó mi ama, iluminando su delgado rostro—. Por eso me he enfermado. He estado muy sola.

—Y Juan desea casarse. Te ha entregado su corazón a ti, Lolis. ¿Qué dices a eso?

Mi ama aplaudió.

—¡Lolis!—gritó—.¿Cuál es tu respuesta?

Recuerdo que Lolis tenía un vestido de color verde almendra claro y llevaba su pelo atado con un pañuelo color de rosa.

—¿Puedo contestar sinceramente?—preguntó Lolis.

—Por supuesto.

—Mi respuesta es . . . no.

Sentí que mi corazón era atravesado por una daga. Lolis vio el efecto de sus palabras en mi rostro.

—No es que no me guste Juan—agregó en su suave voz profunda—. Juan es un buen hombre, pero yo no quiero tener hijos esclavos.

Se escuchó de nuevo la voz tranquila del Maestro:

—Tienes razón, Lolis. Juan ya es hombre libre y estoy seguro que mi esposa te concederá tu libertad, como regalo de bodas. ¿No es así, amor mío?

Mi ama escuchó lo anterior y contestó de inmediato, puesto que en todo quería complacer siempre al Maestro, y ahora que estaba enferma, mucho más.

—En efecto, claro que sí—dijo mi ama—. Alcánzame papel y pluma para redactar, ahora mismo, tu carta de manumisión, Lolis.

El ama escribió la carta y la puso en las manos de Lolis.

—Mi querida Lolis—dijo—eres ahora tan libre como siempre lo has sido en espíritu, creo yo. Y ahora te pido un favor, quédate como mi enfermera. No me abandones . . . todavía.

Lolis guardó la carta en su corpiño y miró tiernamente a su ama.

—Me alegro de ser libre—dijo—. Mucho más de lo que todos vosotros pensáis. Nunca soñé que mi libertad llegaría tan pronto, si bien había previsto que, en el futuro, habría de suceder algún día. Igualmente he visto que me casaría con Juan. Sí, señora, me quedaré con vos todo el tiempo que queráis. Y os lo agradezco.

Luego, silenciosamente, recogió los platos de la mesa y salió del comedor.

El Maestro me autorizó con la mirada, y yo seguí a Lolis a la cocina. Estaba en un rincón, de rodillas, rezando.

—Se lo estaba agradeciendo a Dios—me reveló—. He estado rezando por la llegada de este día toda mi vida.

—Y, ¿te casarás conmigo, Lolis?

—Sí. Pero podrías haberte conseguido una mujer mejor, Juan. Yo soy orgullosa y altanera y a veces tengo una lengua muy hiriente.

—Eres tú a quien quiero, tal como eres.

Se arrojó entonces en mis brazos y me permitió que le acariciara el cabello, las mejillas y la frente.

—Yo estoy muy resentida por haber sido esclava—me dijo—. No podía estar agradecida de verdad porque en lo profundo de mi ser rechazaba la opresión. Sé que Dios nos creó a todos iguales y que ningún hombre puede ser propietario de otro. Odiaba servir a otras personas por el hecho de ser escalava y tener que cumplir voluntades ajenas. Sólo en esta casa tuve alguna paz, porque todos sois buenos y nuestra ama es dulce y afectuosa. Haré todo lo posible porque sus últimos días sean tolerables. Pero yo no soy como tú, Juan, agradecida y amable. ¡Yo *odiaba* ser propiedad de alguien! Tuve que batallar mucho para callar mi odio y medir mis palabras.

—No sufras más. Todo es distinto ahora. Y si tenemos hijos, nacerán libres.

—Sí, pero muchos de nuestra raza no lo son, Juan. Yo sufro por ellos.

—Algún día—le aseguré—, algún día, yo sé que todos los hombres serán libres.

—Pasará mucho tiempo y costará mucha sangre para que llegue ese día—dijo sombríamente Lolis.

XIV

En el que digo un triste adiós

Lolis y yo nos casamos en una iglesia cerca de nuestra casa, donde, desde que Murillo me había animado, yo había confesado y comulgado regularmente. Paquita, que esperaba otro bebé, y su esposo nos acompañaron y mi querido Maestro estuvo allí a mi lado. Mi ama había estado muy enferma y estaba muy débil, pero nos dio la bendición antes de salir para la iglesia.

Mi corazón rebosaba de felicidad cuando tomé la mano de mi amada Lolis y escuché las palabras que nos hicieron marido y mujer desde ese día y por el resto de nuestra existencia. Pronto estuve agradeciéndole a Dios fervientemente el haberme dado tan tierna compañera antes de que tantas desgracias cayeran sobre nosotros, porque sin Lolis yo no hubiera resistido. Fue un año terrible para nosotros.

El ama le había regalado a Lolis un corte de seda azul, del cual confeccionó su traje de novia. El Maestro nos dio sillas, tapetes y dos grandes habitaciones en su casa, que serían nuestro apartamento, e incluso el Rey nos envió como regalo de bodas una bolsa de terciopelo con treinta ducados.

Luego nos empezaron a llover adversidades. Paquita no pudo sobrevivir al parto del niño que esperaba, a pesar de toda la sabiduría del doctor Méndez, y la criatura nació muerta. Fueron enterrados juntos, el pequeño inocente y nuestra afectuosa y alegre Paquita. Al principio no nos atrevimos a decírselo a mi ama, y nuestros recelos fueron verdaderos, pues cuando no quedó más remedio que decirle la verdad, entró en su declive final hasta la muerte.

El doctor Méndez le recetó opio para que pasara sus últimos días durmiendo. Por fortuna, no llegaba a sentir los accesos terribles de tos.

No habían pasado dos meses de enterrar a Paquita y a su hija, cuando llevamos a mi ama a descansar a su lado.

El Maestro no derramó una sola lágrima, pero se volvió hosco y muy taciturno. No hablaba con nadie ni contestaba pregunta alguna. Por días enteros no comió casi nada, salvo alguna fruta. Se puso muy pálido y delgado y no ponía atención alguna a lo que ocurría a su alrededor. Creo que si yo no hubiera estado a su lado, no se habría aseado ni mudado de ropa. No era él. Su espíritu estaba lejos, en un algún sitio remoto al que nadie podía seguirle.

En esos días aciagos Su Majestad el Rey demostró qué buen amigo era del Maestro. No pasó un solo día sin que dejara de venir, y simplemente se sentaba allí, silencioso, con su presencia callada, reconfortante, en la misma habitación que ocupaba el Maestro.

Pasó el invierno y llegó la primavera y el Maestro comenzó a dibujar de nuevo, por la sencilla razón, creo yo, de que había vivido por tanto tiempo con un carboncillo o un pincel en la mano que los tomó automáticamente, otra vez, aunque su corazón estuviera desgarrado. Trabajó entonces sin descanso, pero rompía la mayor parte de todo lo que pintaba. Yo pude salvar unas cuantas obras; hoy son mis tesoros.

Un día llegó el rey precedido de sus pajes y vestido de azul celeste. Se leyó solemnemente una proclama y todos escuchamos.

El heraldo proclamó que la hermana del Rey, la Infanta María Teresa, se iba a casar con el monarca de Francia, Luis XIV. El novio no iba a estar presente, pero sería representado por poder. No obstante, la ceremonia había de revestir la mayor brillantez posible, y don Diego Rodríguez de Silva y Velázquez, pintor real de la corte española, estaría a cargo del diseño y decoración del pabellón donde la magna ceremonia tendría lugar.

Una vez que el Rey y sus heraldos se habían retirado, el Maestro comenzó de inmediato a trazar bocetos. Bien sabía yo que la tarea que tenía entre manos requeriría lo mejor de sus cualidades. Habría que consultar con arquitectos, constructores, abastecedores, sastres y modistas. Una boda real es siempre una ocasión refulgente, pero ésta había de ser tremendamente importante, puesto que Luis XIV era el monarca más poderoso de Europa, y aunque él no estaría presente, sería representado por poder, y habría muchos cortesanos franceses que le informarían de todo lo ocurrido en su boda.

Pude darme cuenta de que el desafío para el Maestro podría repercutir seriamente sobre su salud; siempre había tomado sus deberes muy a pecho y deseaba que el Rey estuviera muy orgulloso de él. Felizmente todo este asunto ocupó la atención del Maestro y lo alejó de la tristeza y las lamentaciones. En menos de un mes, casi era el mismo otra vez.

Viajamos juntos a inspeccionar el sitio que el Rey había escogido para construir el pabellón real. Era una bella isla en el centro del río Bidasoa, en el país vasco. Pero era un tanto pantanoso y bajo. Una miasma nocturna cubría las verdes praderas y con el alba se levantaban enjambres de mosquitos. Más tarde con el calor del sol se dispersaban.

No cabía duda de que un pabellón allí estaría emplazado inmejorablemente, ya que era por un solo día. Sin embargo nosotros teníamos que trabajar allí día tras día, dibujando, planeando, calculando, midiendo, tomando decisiones, y era un sitio insalubre.

A pesar de mis temores, el Maestro se conservó sano, al igual que yo. No sucedió lo mismo con muchos de los trabajadores en la obra, que cayeron enfermos con fiebre, y algunos hasta murieron. No se dio gran importancia a eso, puesto que siempre se esperaba un número de muertes por fiebres durante el verano.

Cuantas veces pude, alivié al Maestro de las tareas fastidiosas de inspección, mientras él pintaba y perfeccionaba sus proyectos. Hacia el final de la obra estaba con frecuencia en el pabellón, asegurándose de que sus instrucciones habían sido cumplidas fielmente. Cuando todo estuvo listo, era una obra magnífica, en la mejor tradición española, encarnando todo el esplendor y el poder de la Casa Real de España.

El Maestro había diseñado un gran patio rectangular, cubierto de piedras y tablones de madera oscura finamente encajados, sobre el cual se tendieron las más lujosas alfombras de color verde esmeralda. Varios arcos triunfales se elevaban sobre esbeltas columnas por encima de todo el pabellón, pero sin cubrirlo. Estábamos seguros de que no llovería y el Maestro dispuso que entre los arcos colgaran celosías y entre ellas crecerían vides y plantas trepadoras cuajadas de azahares aromáticos. Parado debajo y mirando hacia arriba a través de las flores, se sentía una sensación de frescura y pureza incomparables.

El altar era blanco y oro, con excepción de un gran crucifijo. El Maestro pintó los cuadros que lo adornaban. Eran dos ángeles esbeltos vestidos de blanco, retratos de San José y de Santiago, y sobre el altar una preciosa imagen de Nuestra Señora. Todos esos cuadros eran de un estilo no acostumbrado por el Maestro, pues los fondos no mostraban su favorito tono oscuro profundo, sino delicados matices plateados.

A lo largo de la ruta de la procesión nupcial, se situaron cuadros de altas urnas con flores blancas, alternando con urnas de verdad con flores naturales, y detrás de cada una había un espejo. El efecto era el de estar en una gran morada de flores, pero los cuadros del Maestro y los espejos evitaron que el ambiente se tornara empalagosamente dulzón con el aroma de las flores. No quería que la Infanta o alguna de las damas de compañía se desmayara, y menos en una ocasión tan solemne.

Los asistentes a la boda habían de vestir todos de algún tono de verde, excepto el Rey y la princesa. Ella vestía, como era natural, de blanco, y de su dorada cabellera, engarzada en una orla de flores en forma de corona, pendía un larguísimo velo de vaporoso tul blanco. Su Majestad se ataviaba en sobrio y elegante traje de color plata con bordados en tonos pálidos de verde.

Esa boda fue sin duda la ceremonia más bella que jamás he presenciado y estoy seguro que ninguno de los nobles que asistieron imaginó algo tan hermoso, de tan buen gusto, que representara de manera tan exquisita todas las esperanzas, la pureza y la juventud de una joven mujer en el momento de su matrimonio.

El Maestro y yo retornamos a Madrid en donde, como era de esperarse, fue invitado a todos los banquetes, bailes y celebraciones en torno a la boda. Pero cuando el Rey anunció una gran cacería y festín antes de que la novia partiera para Francia, el Maestro se excusó, diciendo que estaba fatigado y tenía dolor de cabeza.

Yo no me preocupé al principio, porque el Maestro no era aficionado a la caza y evitaba si podía el tener que cabalgar y, además, sus dolores de cabeza ya me eran conocidos y sabía el tratamiento adecuado. Regresamos a casa, se acostó en penumbra y le puse fomentos fríos en la frente. El día era caluroso y húmedo, pero pronto advertí que estaba febril. Se abrió el cuello de la camisa con violencia y jadeaba. Al examinarlo con mejor luz, vi que no se trataba de una migraña común, cuando él se ponía frío y pálido, sino que tenía fiebre. Sus mejillas estaban coloradas y sus ojos brillaban como si fueran de porcelana. Su frente se sentía muy caliente.

Lolis me ayudó a atenderlo. Hicimos todo lo que sabíamos, añadiendo a mis conocimientos los de Lolis en la materia. Además llamamos al doctor Méndez, quien ordenó que el Maestro permaneciera en cama bien abrigado para que sudara la calentura. Lolis y yo le imploramos que tomara los caldos que ella preparaba y el té endulzado fuertemente con miel. Obedecía, pero la fiebre persistía y, a pesar de nuestros esfuerzos, volvía a sufrirla cada noche y sentía escalofríos y agotamiento. Normalmente por la mañana sudaba, se mejoraba y entonces podía bañarlo con esponjas y se sentía a gusto con sábanas frescas y ropa limpia. Entonces dormía un poco. Pero al llegar el crepúsculo, el Maestro se despertaba y esperaba ansioso y debilitado a que las fiebres recomenzaran sus fuegos inexorables. Recordaba yo esa misma actitud resignada del Maestro cuando tenía que soportar los mareos en los viajes por mar.

A pesar de nuestros cuidados y oraciones, y los remedios del doctor Méndez, las fiebres duraron veintiún días, y al final el Maestro era un esqueleto. Nunca había sido fornido y en el comer siempre había sido frugal y delicado. Carecía de reservas orgánicas. El Rey venía a verlo todos los días aunque no hablaba, sólo le miraba con sus ojos tristes y pálidos.

Entonces llegó un día en que el Maestro estuvo esperando la fiebre y no llegó. La noche vino y pasó. El Maestro durmió profundamente y con temperatura normal. Lolis y yo lo celebramos abrazándonos, riendo y llorando. La fiebre desapareció. El Maestro se pondría bien.

La convalescencia fue lenta, por supuesto. Poco a poco el paciente debía ser persuadido a comer de nuevo, un poco más cada día para recobrar fuerzas. Un buen día se incorporó en la cama, lo sentamos apoyándolo en cojines, y poco después el médico accedió a que se levantara y caminara alrededor de su cuarto.

Era un martes. El día amanecía claro y sereno, y en el piso de madera pulida del estudio se dibujaba la luz del sol. El Maestro deseaba afeitarse y le sostuve un espejo para que lo pudiera hacer desde su cama. Se puso una túnica árabe que le llegaba a los talones y unas pantuflas de suave cuero marroquí, giró las piernas y puso los pies en el suelo, por vez primera en semanas.

—Debo apoyarme en ti, Juan, por favor. Estoy débil aún.

Se levantó y pude sentir lo poco que pesaba aunque nunca había sido corpulento ni obeso. Apoyándose en mi hombro caminamos lentamente por el salón hasta llegar al estudio. El Maestro suspiró de alegría al estar allí de nuevo con sus caballetes y sus pinturas. Volvía a la vida. Tomó asiento y reposó un momento. Luego se levantó de nuevo y nos dirigimos a su caballete favorito donde lo esperaba un lienzo ya preparado.

A medio camino hacia el caballete, se desprendió de mí suavemente y caminó solo, pero nunca llegó al caballete. Se tambaleó, alzó el brazo como para asirse de algo y se desplomó. Llegué a él de inmediato, maldiciendo el haberlo dejado caminar solo, y al levantarlo me di cuenta de que ya nada podía hacer por él. Se había ido. El dolor y los padecimientos habían debilitado su corazón, y al primer esfuerzo se estremeció y se detuvo para siempre.

Me senté allí en el suelo, acunándolo en mis brazos y recordando todos los años que pasé a su lado. Yo que siempre había llorado con facilidad no derramé una sola lágrima. Sentí las oscuras alas del ángel de la muerte que cubrían a mi Maestro, mi mentor, y tuve el deseo de que esas alas me envolvieran también a mí.

Fue Lolis la que pudo encargarse de todos los arreglos, pues yo me quedé impotente e inútil. Llamó al doctor Méndez, quien compareció para hacer los pronunciamientos finales. Se avisó al Rey, que veló toda la noche ante el féretro del Maestro. Yo permanecí mudo y sin llorar, pero Su Majestad lloró desconsoladamente.

Se le dio al Maestro un sepelio discreto y fue enterrado junto a mi ama y Paquita, quienes le habían precedido poco tiempo antes. El Maestro no dejó testamento, pero el Rey sabía sus deseos y se cumplieron cabalmente. A mí me llovieron regalos: la ropa del Maestro, su caballete y una buena suma de dinero. Todo el mobiliario se le asignó al marido de Paquita y la casa, donde tantos años felices vivimos todos juntos, se le asignó a la hija mayor de Paquita, la nieta a la que tanto había amado el Maestro y que con tanta frecuencia pintó.

Cuando me pude serenar un poco, Lolis y yo discutimos nuestro futuro. Me enfrenté con la realidad de que había muchos años por delante en los que tenía que trabajar, sostener a mi familia y cumplir con los deberes y tareas que Dios quisiera señalarme.

—Creo, Lolis —le dije—que me gustaría volver a Sevilla. Madrid es demasiado triste para mí ahora.

—A mí también me gustaría vivir más al sur, más cerca de África.

Así que comenzamos los preparativos y las despedidas. Yo le rogué a Su Majestad que me concediera una audiencia para despedirme de él. Me la concedió y me recibió vestido de luto, como por alguno de su familia. De los bienes del Maestro, el Rey había querido conservar la paleta y los pinceles. Y me sorprendió verlos sobre una silla muy cerca de donde el Rey me hablaba.

—Juan de Pareja—me dijo—una vez le escuché a vuestro difunto amo, don Diego, decir que había tardado en otorgaros la libertad. Le apenaba y le remordía la conciencia el hecho de no haberse dado cuenta de cuáles eran vuestros deseos y de que merecíais vuestra libertad muchos años antes de que se os hubiere otorgado.

—Es verdad, Majestad, que anhelaba la libertad, pero nunca para separarme del Maestro. Sólo porque deseaba pintar. Y jamás le eché en cara que hubiera sido olvidadizo.

—Lo sé, y sé también cuáles eran sus sentimientos porque yo también he sido tardío y remiso. Muchas veces cruzó por mi mente la idea de nombrar a don Diego Caballero de Santiago, pero nunca di los pasos necesarios para hacerlo. Dejé pasar demasiado tiempo y me culpo de ello. Pero hoy he de designarle tan alto honor, y con vuestra ayuda pintaremos en su pecho la cruz de la Orden de Santiago.

—Pero, señor mío . . . ¿cómo?

—Don Diego, que yo sepa, dejó un solo autorretrato de él—dijo el Rey—. Y forma parte de este magnífico cuadro de *Las meninas* en el que, con el ingenioso empleo de espejos, pintó retratos de mi Reina, de mis hijos, y de mí. Iremos a ese cuadro monumental. Traed vos la paleta y los pinceles.

Nos plantamos ante el ya célebre cuadro y lo miramos cuidadosamente. El Maestro aparecía en un extremo, ante su caballete, con su paleta y pinceles en las manos, pero sus ojos se dirigían hacia nosotros, amablemente, pensativamente.

—Si me ayudáis . . . — dijo el Rey.

Hundí el pincel en el color bermellón y lo puse en su mano. Después, guiándole, mi mano morena sosteniendo la real mano blanca, trazamos la cruz de Santiago en el pecho del Maestro.

Y estaba hecho. Me alegré de haberle hecho ese pequeño favor al Rey y a mi Maestro, en forma póstuma.

Casi no recuerdo nada de los días siguientes salvo que Lolis y yo nos despedimos de muchas amistades, de la amada nieta del Maestro, que me recordaba tanto a Paquita, y de Juan Bautista. Cruzamos por última vez la calle de las Jerónimas y la Plaza Mayor y añoré lo que por años fue mi hogar.

—Mi hogar era donde estaba el Maestro.

—Tu hogar es ahora donde yo estoy, esposo mío— me dijo Lolis con firme suavidad.

XV

En el que encuentro un nuevo hogar

Sevilla nos dio la bienvenida. La Giralda dorada se levantaba contra un cielo azul profundo y limpio, las callejas estaban llenas de vida. Gritos en castellano suave y palabras árabes se escuchaban en las plazas y el Guadalquivir corría velozmente entre sus dos riberas reflejando olivares y naranjales, las blancas casas sevillanas y la presencia morena, orgullosa, libre y airosa de la gente del sur. En la catedral, las amadas imágenes de santos que conocí de niño aún me miraban con piedad desde sus pedestales. Me arrodillé a orar y volví a mis años infantiles al percibir el inconfundible aroma del incienso catedralicio.

Lolis y yo nos alojamos en una posada cerca de los muelles, los mismos que había conocido en los días en que mi viejo amo, don Basilio, era bodeguero del puerto, y le hacía mandados a doña Emilia. Me dolió ver algunos cambios, pero me alegré al ver tanto que era familiar. Sentí la extraña pero agradable sensación de haber cerrado como un círculo de mi vida y retornado a mis orígenes.

Tenía dinero, conocimientos y destrezas. Sabía que podía ganarme la vida honradamente como hombre libre. Pero antes de buscar un lugar permanente para vivir, se me ocurrió visitar a mi amigo don Bartolomé Esteban Murillo.

Él mismo abrió la puerta cuando llamé. Estaba igual, rotundo, moreno, sonriente, lleno de buen humor y de bondad.

—Juan ¡amigo mío!—me dijo al abrazarme y empujarme dentro de su hogar. Estaba todo lleno de ruidos. Un niño lloraba, otros gritaban al jugar, un perro ladraba alegremente y, en las habitaciones superiores, se oía a una mujer cantando.

Pasamos a su estudio y charlamos largo tiempo. Era un espacio grande y desordenado en el que media docena de aprendices se atareaban en copiar cuadros religiosos del maestro Murillo.

Le conté la muerte de Paquita y de mi ama. Le hablé de los últimos días del Maestro, y como el Rey le había pintado la Cruz de Santiago en el pecho de su autorretrato.

—¿Y qué harás ahora, amigo mío?

—Planeaba buscar un estudio . . .

—Pues aquí tienes uno.

—Me encantaría trabajar aquí contigo, como en los viejos tiempos. Pero mi mujer . . .

—Tráela contigo. Aquí nos sobra espacio. De ninguna manera has de estar solo en tus primeras semanas en Sevilla. ¡Ven con nosotros, Juan! ¡Mis hijos lavarán tus pinceles! ¡Y aquí conmigo podrás pintar todo lo que tú quieras en absoluta seguridad!

Me di cuenta de que no le había dicho aún que yo era un hombre libre. Y sin embargo me había ofrecido su hogar y su estudio.

Le di las gracias y con una reverencia profunda le dije:

—Iré a traer a Lolis.

Al salir pensé en la generosidad de Bartolomé y en su amistad sincera. Algún día, pensé, cuando el trabajo haya concluido y nos sentemos a tomar una copa de vino juntos, algún día, cuando nuestras esposas estén susurrando y estén meciendo a los niños para que se duerman en las habitaciones de arriba, le diré:

—Bartolomé, el Maestro Velázquez me otorgó la libertad hace años. Soy un hombre libre. Hace mucho que no soy esclavo.

Y él contestará:

—¿De veras? Pues excelente, amigo mío.

Y se alegrará conmigo. Y yo me alegraré de que para él ese asunto nunca tuviera la menor importancia, puesto que su amistad fue siempre de verdad, de corazón.

Epílogo

Cuando se narra una historia sobre personajes que en realidad vivieron en este mundo, es necesario agregar una serie de incidentes inventados así como personajes y eventos, para dar vida a lo que en muchas ocasiones es sólo un delgadísimo hilo de verdad histórica que nos ha sido legado a lo largo de los siglos. Los hilos que cruzaron las vidas de Velázquez y Pareja son de lo más sutiles y quebradizos; sólo unas cuantas briznas de realidad se saben de ellos dos.

Diego Velázquez era un hombre particularmente taciturno, incluso entre los pintores que no se distinguen especialmente por haber escrito o por legar documentos, cartas o diarios. Que se sepa, sólo una cita directa puede atribuirse al Maestro Velázquez sin duda alguna y es muy significativa, ya que lo identifica como el precursor tanto de la escuela realista como de la impresionista. Y dice:

—Prefiero ser el primero en pintar la fealdad que el segundo en pintar la belleza.

De hecho, la falta de "embellecimiento" en sus obras es lo que las inmortaliza por su fuerza de evocación y expresión para los ojos de quienes las ven hoy y siempre. Velázquez fue un hombre que amó la verdad, amó el poder pintarla y nunca se engañó a sí mismo de que podía "mejorarla".

Es bien sabido que Velázquez heredó a Juan de Pareja de parientes suyos en Sevilla; y se sabe bien que le otorgó la libertad, más o menos, en la forma en que se narra en este libro. Se sabe, asimismo, que el gran retrato de Juan de Pareja lo pintó Velázquez en Italia en los tiempos en que pintó también el célebre retrato del Papa Inocencio X.

Hay comentaristas que afirman que fue Velázquez mismo quien envió a Juan de Pareja con su retrato a diversas personas, a efecto de asegurarse encargos de trabajo en Italia, pero juzgando por el afecto que unió a ambos personajes históricos, yo he preferido pensar que Pareja hizo la diligencia para ayudar a Velázquez sin que éste lo supiera. El retrato de Pareja muestra a un hombre inteligente, leal, orgulloso y tierno a la vez. El único autorretrato de Velázquez, en el cuadro de *Las meninas*, muestra a un hombre dedicado, sobrio, de gran sensibilidad y conocimiento de su arte. Muchas biografías de pintores se estructuran por sus biógrafos basándose en sus pinturas, su obra, y algunos datos fidedignos. En literatura se podrá perdonar que el autor interprete libremente las pinturas. Fueron las únicas "conversaciones" del Maestro.

De tal suerte, he preferido pensar y creer que el bello retrato denominado *La dama del abanico* era en realidad la hija de Velázquez, Francisca (Paquita), que se casó con el pintor Juan Bautista del Mazo, y he sugerido mi propia interpretación de la florecita roja que aparece, nadie sabe a ciencia cierta por qué, sobre la falda de la dama, justo debajo de su corpiño.

Es verdad histórica que a los esclavos no se les permitía la práctica de las artes en España y yo supongo que Pareja aprendió a pintar en secreto, pues no hay duda de que llegó a ser un brillante artista y sus cuadros están colgados en diversos museos de Europa.

Murillo sí trabajó con Velázquez en su estudio de Madrid durante unos tres años. Supongo que era un hombre tierno, bondadoso y muy religioso. Al menos, eso es lo que me dicen sus cuadros.

El incidente de la visita a los imagineros religiosos en Sevilla lo tomé de la vieja leyenda española del Cristo de Limpias, un crucifijo de gran belleza en la que aparece Cristo muriendo en la cruz. La leyenda reza que un criminal se prestó a ser crucificado para facilitarle al imaginero un modelo en los momentos agónicos que preceden a la muerte.

Velázquez fue ordenado Caballero por el Rey Felipe IV en 1658. Sin embargo, la Cruz de Santiago que aparece sobre el pecho del autorretrato del pintor en el cuadro de *Las meninas* fue, en efecto, pintada por otra mano y en época posterior. ¿Quién la pintó? La historia no lo dice. Yo opto por que fue el Rey, con Juan de Pareja guiándole la mano.

No hay duda de que estrechos lazos de amistad, afecto y respeto unían a Velázquez con su soberano, Felipe IV. Lo mismo puede afirmarse de Juan de Pareja, que comenzó siendo su esclavo y terminó siendo su amigo, además de ser su asistente.

Espero se pasen por alto las libertades que me he tomado al escribir esta historia de Juan de Pareja. He tomado lo que se sabe es verdad y he agregado mucho de mi peculio. Espero que interese a los jóvenes de cualquier raza y origen, pues la amistad y la unión de Velázquez y Juan de Pareja es un ideal que deseamos se repita en millones de casos. La desigualdad los unió, pero la amistad transformó sus vidas y al madurar los convirtió en hermanos.

Índice